講談社文庫

山月庵茶会記

葉室 麟

講談社

目次

山月庵茶会記

一

柏木靭負《かしわぎゆきえ》が九州豊後鶴ケ江《きゅうしゅうぶんごつるえ》の黒島《くろしま》藩へ十六年ぶりに帰国したのは宝暦《ほうれき》二年壬申《みずのえさる》（一七五二）正月のことだった。

靭負はかつて黒島藩の勘定《かんじょう》奉行を務め、四百石の身分だったが妻を三十六歳のおりに亡くした。子がなかったため、親戚の松永精三郎《まつながせいざぶろう》を養子として奥祐筆頭白根又兵衛《おくゆうひつがしらしらねまたべえ》の娘で家中でも美貌を噂されていた千佳《ちか》と娶《めあわ》せ、家督《かとく》を譲ると突然、致仕《ちし》して京《きょう》に上った。

かつて江戸留守居《えどるすい》役を務めたおりから茶道に堪能だった靭負は、京で表千家《おもてせんけ》七代如《じょ》心斎《しんさい》に師事し、茶人としての号を孤雲《こうん》とした。

靭負は茶道をひとに教えることを認められる〈安名《あんみよう》〉を如心斎から授けられると江戸へ下った。このころ江戸では、四代将軍家綱《いえつな》以来、小堀遠州《こぼりえんしゅう》の後継者と目された大和小泉藩《やまとこいずみ》の藩主片桐石見守貞昌《かたぎりいわみのかみさだまさ》を祖とする石州流《せきしゅう》が武家茶道として栄えていた。

いわゆる「きれいさび」と言われる武家茶に対し、川上不白《かわかみふはく》や鞘負ら千家の茶人が江戸に出て「侘《わ》び」の千家流派を創意工夫をこらして広めると富商に喜ばれて隆盛した。

豪商の冬木屋《ふゆきや》から援助を受けるようになった靭負は、駿河台《するがだい》に居を構えて日々庵《ひびあん》と称し、茶人孤雲の名を高くしていた。

前年の寛延《かんえん》四年八月十三日に靭負の師である如心斎が病没した。このとき江戸に在った靭負は、四十九日法要に出席するため京に赴いた。法要の後、しばらく京に留まってから、九州の国許《くにもと》へ戻った。

靭負が十六年ぶりに黒島藩へ戻ったことは、家中で話題になった。

なぜなら、靭負はかつて藩内を二分した派閥の一方の領袖《りょうしゅう》であったが、政争に敗れ、失脚すると致仕して国を出たからだ。その出処進退を毅然《きぜん》としたものと受けとめる藩士もいたが、中には、

「思いがけず、粘りがなかったな。負けて逃げ出すとは見そこなった」

などと謗《そし》る者もいた。

だが、このような悪口をもらすのは、どちらの派閥にも属さずに傍観していた者が

ほとんどで靭負の派閥にいた者は口をつぐんで何も言わなかった。

これは派閥の抗争で勝った家老の土屋左太夫《つちやさだゆう》が靭負の派閥の者たちを排除しようとはしなかったからだ。

靭負が藩を出ることを条件に自分の派閥にいた者への公正な扱いを左太夫に頼んだからではないかとも言われたが、あまり信じられなかった。

形勢不利と見た派閥の者たちの裏切りによって靭負は政争に敗れ、藩を出るしかなかったのだと言われていた。

いずれにしても靭負の思いがけない帰国は藩内の関心を呼んだ。しかし靭負はそんなことを気にする様子もなく、養子の精三郎を訪ねると、城下のはずれにある柏木家の別邸に住むことの了解を求めた。

精三郎は三十四歳になり、奥祐筆役を務めている。いずれ岳父《がくふ》の白根又兵衛と同様に奥祐筆頭になるとみられていた。

「あの別邸でございますか」

精三郎は驚いた顔をした。

別邸はかつて柏木家の先祖の知行所だった花立山《はなたてやま》の山裾《やますそ》にある。靭負の祖父三右衛《さんえ》門《もん》が歌会や茶事など風雅を楽しむために建てたもので、藩主が鷹野《たかの》を行う際、休憩所として使われることもあった。

俊秀《しゅんしゅう》らしい引き締まった顔立ちの精三郎は、思案顔で、

「別邸はもはや、荒れはてております。この屋敷におられればよいではございませんか」

と言った。だが、靭負が何気ない様子で、

「茶人の侘び住まいだ。それぐらいがほどがよい。それに別邸のそばには竹林があった。茶杓《ちゃしゃく》や竹筒の花入れを作ることもできるからな」

と返すと、それでも、と強くは言わなかった。

精三郎は養子とは言っても靭負と同じ屋敷で過ごしたのは半年ぐらいのことで、千佳と祝言《しゅうげん》を挙げた十日後には靭負は京に上ってしまった。親子として気心が知れるということはなかっただけに、同じ屋敷に住むのは気づまりでもあった。

靭負は精三郎が了承した後、すぐに別邸の修繕を城下の大工に頼んだ。

それができるまで柏木屋敷に留まったが、かつての屋敷に戻ったことにさほどの感慨も抱かないようだった。靭負は卯之助《うのすけ》という若い男の門人をひとり供にしていた。色が浅黒く、小柄で機敏そうな男だった。

時おり、卯之助とひそひそと話すだけで、ひさしぶりに国へ戻りながら旧知のひと

や親戚を訪ねるということも靭負はしなかった。おりふし菩提寺《ぼだいじ》に行って、先祖の墓に参るだけだった。このことを精三郎の妻の千佳が心配した。

靭負が居室としている部屋を訪ね、

「実家の父が一度、お訪ねいたし、久闊《きゆうかつ》を叙《じよ》したいと申しておりますが。よろしゅうございましょうか」

と意向を訊いた。白根又兵衛は藩校のころからの靭負の旧友であり、千佳を精三郎の嫁にと靭負が又兵衛に直談判して縁組をまとめたことを千佳は知っていた。

父ならば国許へ戻っても孤独の翳《かげ》りがある靭負を慰《なぐさ》められるのではないか、と思った千佳は実家に行き、靭負を訪ねるよう又兵衛に頼んだのだ。

又兵衛はいかつい顔立ちをしており、剛直な気性だが千佳には父親らしいやさしさを見せるのが常だった。このときも、しばらく考えてから、

「靭負は誰にも会いたくないのだと思うが、そなたから訊いてみるがよい」

と答えてくれた。

又兵衛の訪問を受けてくれるかという千佳の問いかけに、靭負は、

「いずれな」

と答えただけだったが、声音《こわね》にやわらかなものがあるのを感じた千佳はわずかに望

みをつなぐ思いだった。そこで付け加えるように、庵《いおり》の修繕ができ、お移りになられましたら、わたくしに茶の稽古《けいこ》をつけてくださいませんでしょうか、と訊ねた。

「そなたに茶の稽古を――」

靭負は思いがけない千佳の申し出に首をかしげた。

十七歳で嫁した千佳はすでにふたりの子を生《な》しているが、嫡男市太郎《いちたろう》は十二歳、娘の春《はる》は九歳でさほど手がかからない。

茶人である義父が国に戻ったのだから、あらためて茶の稽古をしたいのだ、という千佳の言い分はもっともだったが、一方で靭負に接する機会をできるだけ持っておこうという嫁としての配慮であることも明らかだった。

「それも、いずれ――」

靭負は同じように先延ばしの答え方をしたが、千佳は十分な返事として受け止めた。靭負は微笑して千佳を見つめた。

千佳はなんとなく羞《は》じらいを覚えた。

五十二歳の靭負は初老と言ってもいいが、頭をそり上げているだけに顔の若々しさが目立ち、精悍《せいかん》な印象を与え、挙措《きょそ》には男盛りのはなやぎを残り香のように漂わせていた。

千佳は手をつかえ、頭を下げてから部屋を出た。

すでに日暮れになっており、庭の石灯籠《いしどうろう》が夕日に照らされている。ふと茜色《あかね》の空を見上げた千佳は、自分もうっすらと紅《あか》く染まっていく気がした。

やがて別邸の修繕が終わると、靭負は移り住み、別邸から望める花立山にかかる月の風景が見事なことから、

――山月庵《さんげつあん》
と名づけた。このとき、靭負は静かに詩を吟《ぎん》じた。

牀前《しょうぜん》月光を看《み》る
疑うらくは是《これ》地上の霜《しも》かと
頭を挙《こうべ》げて山月を望み
頭を低《た》れて故郷を思う

唐《とう》の詩人李白《りはく》の詩『静夜思《せいやし》』だった。寝台の前に月光が差し、まるで地面を霜が覆《おお》っているかと見まがうばかりである。頭を上げて山際にかかる月を眺めていると、し

だいに頭を垂れ、故郷のことを思っているという詩だ。

頭を挙げて山月を望み、頭を低れて故郷を思うとは、十六年ぶりに故郷に戻った靭負の心情を表していた。

「これからは故郷の月が楽しめる」

靭負は楽しげにつぶやいた。

山月庵は入母屋造茅葺《いりもややづくりかやぶき》で入り口に柿葺《こけらぶ》きの庇《ひさし》をつけている。玄関から入ると水屋《みずや》になっており、水屋の西側が茶席と待合《まちあい》、南側に仏間がある。その隣に卯之助が起居する小部屋があり、さらに東側の六畳間が書斎で靭負の寝所《しんじょ》となる部屋だった。

茶室へはいったん外へ出て飛び石を置いた露地《ろじ》を通り、にじり口から入る。左に床《とこ》と一畳の貴人座が設《しつら》えられ、右が相伴席《しょうばんせき》になっていた。床の右寄りに給仕口があり、壁の横木はすべて竹だった。連子窓《れんじまど》と丸窓から日差しがほのかに入る。

この年は正月早々、雪の日が続き、山並みや田畑、道筋も雪で覆われており、山月庵の窓から見える景色は白一色だった。

靭負は山月庵の調度がととのってから卯之助を使いに出して、千佳に茶の稽古にくるよううながした。

千佳は訪問する旨を卯之助に返事したうえで、下城した精三郎に靭負のもとに稽古に通うことを告げた。

山月庵に赴くことはかねてから、精三郎と話し合ってきたことで靭負が帰国したからには、養父に仕えるのは当然のことと精三郎も口にしてきた。しかし、このとき、精三郎の顔には逡巡の色が浮かんだ。

「いかがされました。わたくしが山月庵に参りましては不都合なことがあるのでございましょうか」

訝《いぶか》しげに千佳が訊くと、精三郎は頭を横に振った。

「いや、そうではない。きょう、ご家老土屋左太夫様よりお呼び出しがあったのだ」

「ご家老様が何のお話だったのでございましょう」

千佳は眉をひそめた。


御用部屋に精三郎が行くと左太夫はひとりで待ち受けていた。

左太夫は靭負とほぼ同年だが、髷《まげ》に白いものが混じり、頬がたるんで口元にしわも刻まれ、十歳は老けて見えた。ただ、眼光にはひとを威圧するものがあり、さすがに永年、家老の座にある重厚な佇《たたず》まいだった。

「柏木、そなたに訊きたいことがあってな」

左太夫は精三郎が控えると、すぐに口を開いた。何事だろうと神妙に聞き入る精三郎の顔を見つめた左太夫は、

「靭負はこのまま国許に留まるつもりなのか」

と単刀直入に問うた。精三郎は困惑しながらも答えた。

「はっきりとはわかりませぬ。別邸を修繕して入られましたから、しばらくはおられるものかと存じますが」

「ふむ、別邸に山月庵と名づけたそうではないか」

「さようです、ご家老様にはよくご存じで」

精三郎は驚いて左太夫の顔を見た。誰から庵の名を聞いたのだろうか、と不審な気がした。左太夫は苦笑して、

「靭負については藩内で喧《かまびす》しい噂になっておる、黙っていても細大もらさず、わしの耳に入るのだ」

と言った。そして、

——山月庵か
と眉根を寄せてつぶやき、何事か考える風だった左太夫は、不意に精三郎に鋭い目を向けた。

「そなたは靭負の養子として家督を継いだ柏木家の当主だ。いかに致仕した身とは言え、靭負が領内でもめ事を起こせば責めを負わねばならぬのはわかっておるな」

念を押すように言われて、精三郎は、はっきりと答えた。

「いかにも承知いたしております」

「ならば、子として親の面倒を見ねばなるまい。妻女を山月庵に通わせて身の回りの世話をさせ、靭負の動きから目を離すな。それがそなたのためだぞ」

左太夫は決めつけるように言った。


精三郎はしかたなく承って下城したが、養父を監視しろというに等しい左太夫の申しつけに困惑する思いだった。

「ご家老はわたしに父上を見張るよう言いつけられたのだ。そなたが山月庵に通えばその役目を果たすことになる。それは孝道としていかがなものかと思うのだ」

唯々諾々《いいだくだく》として左太夫の命に従うのが、精三郎は不本意らしい。それを察した千佳はやわらかな口調で言った。

「ご家老様のお言いつけに従わぬわけにも参りませんし、なによりわたくしどもも父上のことはよく知っていた方がよろしいと存じます。子として父上のために何事かなさねばならぬかもしれませぬゆえ」

千佳の言葉で得心がいったのか、精三郎の顔の翳りがぬぐい去られた。

千佳はほっとする思いだったが、それとともに、これから精三郎に遠慮することなく山月庵に通えるのだ、と明るいものを感じた。


翌日──

千佳は、あらかじめ訪問を報せておいて、勒負のために用意した着替えの衣類などを女中に持たせて山月庵へ足を運んだ。

寒気は厳しく道筋に昨日まで降った雪が積もっており、道を下駄《げた》で行くにも難渋した。しかし空は青く晴れ渡り、薄衣《うすごろも》のような白雲がゆっくりと流れていた。

山月庵に着いて黒い腕木門《うでぎもん》をくぐって戸口で訪《おとな》いを告げると、卯之助が出てきた。

「露地へお回りくださいとの仰せでございます」

どうやら、さっそく茶の稽古をするつもりらしいと察した千佳は、女中を待たせて露地へ入った。

まず手を清めようとして目にした蹲踞《つくばい》の縁に雪が残っているのは、勒負の趣向だと思えた。石の黒い地肌に雪の白さが映えている。

にじり口から上がると、靭負が風炉《ふろ》の前に座って待っていた。

座って手をつかえ、挨拶した千佳は床の間に軸《じく》がかけられず、竹筒の花入れに紅い椿《つばき》が一輪だけさしてあるのを目にした。

武家が忌《い》む椿をさしたのは、靭負がすでに武士ではないという心を示し、軸をかけなかったのは、きょうが茶席ではなく稽古であり、無から始めるという意によるものだろう。

それとともに、一輪だけの椿が靭負自身の孤独な心境を表しているようにも感じられて千佳は胸が詰まった。靭負は千佳に会釈《えしやく》して、

「きょうは、〈七事式《しちじしき》〉のうち、花月《かげつ》をいたそう」

とつぶやくように言ってから、〈七事式〉について語った。

靭負が師事した如心斎は千家中興の祖とも言われ、茶事の稽古法を工夫して、花月、且座《さざ》、茶かぶき、廻《まわ》り炭、廻り花、一二三《いちにさん》、数茶《かずちゃ》の七つを定め、〈七事式〉とした。

〈七事〉は『碧巌録《へきがんろく》』にある、

――七事随身

からとったとされるが、この稽古法をまとめるにあたってはすでに高弟となってい

た靭負も尽力した。

〈七事式〉の稽古法とは、主客を引き札で決めて交互に行ったり、室町《むろまち》時代に盛んに行われた茶を飲んで茶の産地を当てる〈闘茶《とうちゃ》〉を稽古に取り入れ、主人と客が交代で炭をつぎ、花を入れるなど茶の作法を習得させる巧みな工夫が凝らされている。

この中で花月は最も厳格な稽古法であり、引き札しだいで、いつ主人役を務めることになるかわからないうえ、定められた足運びをしなければならないという油断できない稽古法だった。

この日、靭負から一刻《いっとき》（二時間）ほど稽古をつけられた千佳は、息があがりそうな緊張が続いて手足にしびれを感じた。

稽古の終わりに赤楽《あからく》茶碗で点《た》てた茶を千佳の膝前に置いた靭負は、穏やかな口調で言った。

「又兵衛がわたしに会いたいということであったな。都合の良い日に来たらよいと伝えてくれ」

まことでございますか、と喜ぶ千佳に顔を向けた靭負は、

「雪見の茶事になろう。雪は雪《そそ》ぐとも読む、十六年前の辱《はずかし》めを雪げるであろうか」

とさりげなく口にした。

十六年前の辱めを雪ぐとはどういうことなのだろうか。千佳は茶碗を口もとへ運びながら、にわかに胸のざわめきを感じた。

二

「茶事に来いというのか」

屋敷を訪ねてきた千佳から靭負の伝言を聞いた又兵衛は顔をしかめた。

「雪見の茶事だと申されました。それに関わりがあるのか、十六年前の辱めを雪げるであろうかとも口にされましたが、どのような意味でございましょうか」

千佳が訊くと又兵衛は苦い顔をして答えた。

「さようなことは、わしにもわからぬ。しかし、靭負は昔のことを忘れず、恨《うら》んでおるのやもしれぬな」

「土屋ご家老様も柏木の父上が何をされようとしているのかをひどく気にしておられるようでございます。わたくしはまだ娘でございましたゆえ、柏木の父上が致仕されたわけを詳しく存じません、ただ、土屋様との争いに敗れたからとだけ聞いておりますが、ほかにも何かあったのでございますか」

又兵衛の顔をうかがい見て千佳は訊ねた。

「いや、詰まるところはそれだけのことだ。靭負は派閥の争いに敗れた。しかし、その敗れ方が――」

又兵衛は口ごもって腕を組んだ。その様子を見て、千佳は靭負が国を出たのはよほどの事情があったのだと察した。

「わたくしは柏木の父上が国を出て京に上られたいきさつをうかがわない方がよろしいのでしょうか」

気遣って千佳が言うと、又兵衛は思い切ったように膝を叩いた。

「いや、話しておこう。千佳がまったく知らぬのでは、これから靭負の身の回りの世話をいたすにも不都合が生じるやもしれんからな」

又兵衛は、靭負が失脚した経緯《いきさつ》をゆっくりと語った。


十七年前、当時、藩政を担《にな》っていた家老駒井《こまい》石見《いわみ》が病床に臥《ふ》すと、駒井派は次席家老の土屋左太夫を擁《よう》する者たちと勘定奉行柏木靭負を推す者たちの二派に分裂した。土屋派と柏木派の抗争はしだいに熾烈《しれつ》になっていったが、この頃、江戸藩邸が火災により焼失し、さらに幕府が国役を黒島藩に命じようとする動きがあった。

藩主は靭負を江戸に呼び寄せ、藩邸修復と幕閣に働きかけて国役を免《まぬが》れる工作の陣頭指揮を命じた。

靭負は藩主の信頼に応えて半年後には二つの大役をやり遂《お》せて意気揚々と帰国した。

江戸で功績をあげたからには、もはや駒井石見の後継者争いでの靭負の優位は動かぬかに見えた。

ところが、靭負が帰国して派閥の会合を開いても加わるものの数がめっきりと減っていた。おかしいと感じた靭負がさらにひとを集めようとしたが、いったん引き始めた潮流は戻すことができず、会合のたびに出席した者はその少なさに驚いて、次の会合には加わらなくなった。

靭負は焦って江戸に赴いている間に何事が起きたのかを探った。すると、左太夫がかねてから黒島藩へ大名貸しを行っていた大坂の天満屋《てんまや》勝兵衛《かつべえ》と手を組み、派閥の者に金を配っていたことがわかった。さらに靭負の留守を狙い、柏木派の者にまで金をばら撒《ま》いたらしいことも明らかになった。

靭負はかねてから藩財政の立て直しのために質素倹約を主張し、藩による家禄の借り上げもやむなしという考えを示していた。

藩士たちは靭負の考えを正論としつつも、暮らし向きがよくなるわけではないことに、窮屈なものを感じていた。そこへ左太夫が派閥の枠にこだわらない寛容さによって恩恵を施し始めると雪崩《なだれ》を打って土屋派に寝返ったのだ。

靭負が半年の間、江戸に赴いた隙を突かれて国許はいつの間にか土屋派に押さえられていた。焦った靭負が執政会議で左太夫を論難しても流れは覆《くつがえ》らなかった。

左太夫は藩主の了承を取りつけて、靭負を勘定奉行から解任し、派閥の抗争に決着をつけた。

失脚した靭負が致仕願いを出したのは間もなくのことだった。

又兵衛が話をひと区切りさせると、千佳は眉をひそめて口を開いた。

「それでは、柏木の父上はお家のために手柄をあげながら、派閥の方々に裏切られたということなのですね」

「まあ、そういうことだ」

又兵衛は顔をつるりとなでてから、実はわしも土屋派に寝返ったひとりだ、と面目なさそうに言った。

「父上も裏切りをなされたのでございますか」

千佳は驚いて又兵衛のいかつい顔を見た。又兵衛は苦々しげに言った。

「わしは金をもらったわけではないぞ。ただ、以前から靱負のやり方は厳しすぎて人心を得ることができぬ、と思っておった。そこへいくと、左太夫殿はなるほど俗っぽい方だが、世故《せこ》に長け、藩内をまとめることができた」

「まことにさようなのでございますか」

千佳は疑わしげに応じた。

「その証拠に十六年にわたって藩政を担い、天満屋の金を利用しはしたが、その代りに天満屋へ与えた利は穏当なもので、とにもかくにも藩を持ちこたえさせてきたではないか。わしの判断は間違っておらなかったと思う」

「ですが、柏木の父上は皆様に裏切られた思いで国を出られたのではございませんか」

難じるように千佳が言うと、又兵衛は目をそらした。

「靱負が国を出たのにはもうひとつわけがあった」

「それはいかがなわけでございますか」

千佳は恐れるように訊いた。派閥の者たちから、手ひどい裏切りにあった靱負にさらに追い打ちをかけるようなことがあったのだろうか。

又兵衛は当惑したように、しばらく黙ったがやがて重い口を開いた。

「靭負は精励恪勤《せいれいかっきん》して家を顧みる余裕がなかったため、妻を娶《めと》るのが遅れた。三十歳になってようやく妻を迎えたのだが、書院番の牧野平左衛門《まきのへいざえもん》殿の娘で藤尾《ふじお》殿という靭負よりひとまわりも年下の十八歳になる見目麗《みめうるわ》しきひとだった。子を生すことはなかったが、仲のよい夫婦だという話であったな」

「十六年前に亡くなられたというのは、その藤尾様なのでしょうか」

又兵衛は重々しくうなずいた。

「そうだ。しかも、藤尾殿については、あのころ怪《け》しからぬ噂があった」

靭負が江戸に赴いてしばらくたってから、留守を預かる藤尾に不義密通の噂がたったのだ、と又兵衛は話した。

千佳は息を呑んだ。

「まさか、そのような」

「わしも信じられなかったが、噂は瞬く間に広がった」

誰言うとなく広まった噂は藤尾が相手の男と忍び逢っているというものだった。

藤尾が人目を避けるように外出し、屋敷の近くで送ってきた男と別れるのを見たと言いふらす者がいた。藤尾は酒を飲んでいる様子で男と深い仲であることが見て取れたとまことしやかにささやかれた。

江戸から靭負が戻ってくればひと悶着《もんちゃく》起きるに違いない、といつの間にか家中に広まっていった。

土屋派はこれを好機と見て、靭負について妻ひとり抑えられぬ者に藩政を任せられない、と主張した。さらに靭負は妻の不義密通の相手を許さぬであろうから、政事どころではなくなるとも言い広めた。

靭負が人望を失った背景には、藤尾の密通の噂も影響を与えていた。

「はっきりとした出所もわからぬ話だった。藤尾殿が密通したという相手の名はまったく出なかった。わしは土屋派が靭負を陥《おとしい》れるために流した噂なのではないかと思い、直に左太夫殿に談判したことがある、あまりに汚いのではないかとな。すると左太夫殿はさようなことはせぬ、の一点張りだった。実際、噂が広まり始めたころには柏木派から土屋派への寝返りは相次いでいたから、いまさらそんな卑劣な手段を使うまでもないように、わしにも思えた」

「まことにそうなのでしょうか。土屋様は金子《きんす》でひとの心を動かされたのです。どのようなことでもされたのではありませぬか」

千佳は頭《かぶり》を振って、信じられないというように言った。

「そうかもしれぬが、藤尾殿が亡くなられてすべては闇の中へ消え去った」

又兵衛の言葉を聞いて、千佳はどきりとした。

「藤尾様が亡くなられたのは柏木の父上が江戸から戻られてからのことなのでしょうか」

又兵衛はうなずいて低い声で答えた。

「江戸から戻った靭負は留守の間に派閥が切り崩されているのに驚いて対応に追われておった。それゆえ、藤尾殿の噂を耳にしたかどうかはわからぬ。しかし、藤尾殿が突然、亡くなられると靭負は気力を失い、もはや勢いを盛り返すことはできなかった」

又兵衛はあたりを見回してから付け加えた。

「実はな、藤尾殿の亡くなられ方が、あまりに急であったことから、靭負が不義密通に怒って成敗したのではないかと言う者がおった」

千佳は悲しげな顔になった。

「まことにさようなのでございましょうか。もし、藤尾様がさようにして亡くなられたのであれば、柏木の父上が国を出られたのは無理からぬことでございます」

「そうなのだが、あのころ、靭負は藤尾殿のことについて、何も言わなかった。誰にも靭負がどのような思いを抱いていたのかはわからなかったのだ」

又兵衛はしみじみとした口調で言った。


千佳は屋敷に戻ると、夕刻になって下城した精三郎に、又兵衛が山月庵に招かれることを承諾したと伝えた。

「その日はわたくしも茶席の手伝いに参らねばならないと存じますが、お許しいただけますでしょうか」

遠慮がちに言う千佳に精三郎はあっさり答えた。

「それはかまわぬ。父上が何をお話しになるかをしっかりと聞いておいた方がよいだろうからな」

千佳はそうさせていただきます、と言った後、さりげなく訊いた。

「実家の父が、藤尾様のことを話してくれましたが、旦那様はお会いになられたことはございましたか」

精三郎は、思いがけないひとの名を持ち出されて、かすかに戸惑いの表情を浮かべた。

「法事の集まりのおりに一度、お見かけしたことがあったぐらいだが。藤尾様のことをなぜ訊くのだ」

「十六年前に父上が国を出られたのは、藤尾様のことと関わりがあるのかもしれぬと実家の父が申しておりましたゆえ」

声をひそめて千佳は言った。

「さような噂もあったようだが、わたしはよく知らぬ。ただ、藤尾様が父上のもとに輿入《こしい》れされたおりには、縁談が降るほどにあった藤尾様がひとまわり年上の父上との縁談をよく承知されたものだと親戚が噂しておったのを耳にしたことはあった」

「藤尾様を妻に迎えたいと望まれた方がさようにおられたのでございますか」

その中に不義密通の相手がいるわけではないだろう、と思いつつ、千佳はつぶやいた。すると、精三郎は、声を低めた。

「実はな、藤尾様を妻にと望んだ中には土屋ご家老様もおられたということだ」

「まことでございますか」

千佳は驚いて口を押えた。精三郎は深々とうなずいてから言葉を継いだ。

「土屋様は一度、奥方を迎えておられたが、何か不都合があって離別されたそうな。そこで後添えに藤尾様を望まれたらしい。しかし、藤尾様は父上のもとに嫁がれた。そのためかどうかはわからぬが、土屋様は後添えをもらわれず、家老になられたいまも独り身だ。おふたりの確執はそのころからであったのかもしれぬな」

精三郎の話を聞いて千佳は胸がふさがる思いがした。靭負はかつて藤尾を争った左太夫から政争で追い落とされ、しかも藤尾を失ったのだ。

十六年前、靭負が味わった屈辱はどのようなものであっただろうか。そう思うと靭負が口にした、

――十六年前の辱めを雪げるであろうか
という言葉が千佳の耳に甦った。

(父上は十六年前の雪辱を果たそうとしておられるのではないだろうか)

もし、そうだとすると、それは土屋左太夫への復讐ではないのか。

左太夫が靭負の動きを気にしているのもうなずけることだった。靭負の報復は又兵衛を招いての雪見の茶事から始まるのかもしれない。

千佳がそんなことを考えていると、屋根に降り積んだ雪が、どさりと音を立てて庭に落ちるのが聞こえた。

すでに夜が深まり、しんしんと冷えてきていた。

三

又兵衛が山月庵を訪れた日は朝から小雪が降った。

中間《ちゅうげん》ひとりを供に傘をさして山月庵についた又兵衛は玄関に立ち、傘をすぼめると袖の雪を払った。中間が訪いを告げ、千佳が応対に出た。

「なんじゃ。きょうはそなたが茶席を手伝うのか」

又兵衛が顔をしかめて訊くと、千佳は微笑《ほほえ》んだ。

「さようにございます。まずはこちらへ」

刀を千佳に預け、待合に招じ入れられた又兵衛が座ると、吸物に鯛《たい》の吸物、向付《むこうづけ》に鯛の昆布《こぶ》じめ、八寸《はっすん》に百合根《ゆりね》、胡麻《ごま》豆腐《どうふ》そして白飯などの懐石の膳が出された。

「お寒うございましたでしょうから」

千佳がさりげなく言って又兵衛に杯《さかずき》を持たせて燗酒《かんざけ》を注《つ》いだ。

「これはありがたい」

又兵衛は頬をゆるめて杯を口に運んだ。しかし、千佳がもう一献、注ごうとすると首を横に振った。

「いや、もう温まったゆえ、よい。それより靭負は茶室か」

「さようにございます。懐石の後、茶を出されます」

千佳はそう言うと銚子《ちょうし》を手もとに戻した。そうか、とうなずいた又兵衛はゆっくりと料理を口にしていったが、それ以上のことは言わなかった。

懐石の後、白砂糖で兎《うさぎ》の形を作った菓子が出た。

「ほう、かわいい菓子じゃな」

つぶやいた又兵衛はひと口に食べ終わると座を立ち、千佳に先導されて外へまわり露地に出た。

又兵衛が見ると露地は軒下《のきした》に通じているが、さらに庭を抜けて裏門から出るようになっている。その向こうに花立山の山塊を眺めることができた。小雪はすでに止み、峰々が雪中に青く浮かび上がっている。

「この景色も馳走《ちそう》のひとつか」

又兵衛が苦笑して言うと、千佳はうなずいてにじり口から入るよううながした。又兵衛はゆっくりと茶室に入る。

風炉前に靭負の背中が見えた。又兵衛が正客《しょうきゃく》の席に座ると、続いて入った千佳が相伴席に座った。

この日も竹筒に紅い椿がさしてある。床の軸は千利休《せんのりきゅう》の遺偈《ゆいげ》の写しだった。

利休が天正《てんしょう》十九年（一五九一）に自刃する際、したためた辞世の偈である。

提《ひっさぐ》ル我得具足《えぐそく》の一太刀《ひとつたち》
今此時ぞ天に抛《なげうつ》

遺偈の最後の部分からは利休の凄《すさ》まじい気迫が伝わってくる。

風炉が松籟《しょうらい》の音を響かせていた。寒気が厳しい中、靭負はゆったりとした動きで柄《ひ》杓《しゃく》を取り点前《てまえ》を始めた。

「ひさかたぶりだが、お主はさほどに老けておらぬな」

又兵衛は無遠慮な口調で言った。

靭負はかすかな笑みを浮かべ、

「見かけだけだ。中身は年相応に老いている」

と渋い声で答えた。

「老いたというのは、まだ早すぎよう。わしはお主よりふたつ上だぞ。わしを年寄りあつかいするのか」

又兵衛がにやりと笑うと、靭負は何も言わずに黒楽《くろらく》茶碗に茶を点てた。そして風にそよぐようなしなやかさで又兵衛の前にすっと茶碗を出した。

又兵衛は作法通りに茶を喫《きっ》した後、茶碗を置いて、千佳にまわした。

「結構な点前だが、お主の在り様が結構だとは言えまい。お主が戻って家中の者の心がざわめいておる。茶人のすることではないな」

ゆっくりと靭負は又兵衛に顔を向けた。

「ひとの心のざわめきまでわたしのせいということになるのか」

靭負は静かな目で又兵衛を見つめた。

「お主は十六年前、わが藩で一方の旗頭《はたがしら》だった。しかも派閥の政争で敗北を喫して、藩を捨てた。その男が戻ってきたのだ。皆が気にするのは当たり前だろう」

「わたしを裏切った後ろめたさがあるゆえだ。もっとも、それはお主も同じことではあったがな」

靭負が言うと、又兵衛はからりと笑った。

「まだ、それを言うつもりか。たしかにわしは土屋派に寝返ったが、それは意見を変えたということだ。金は受け取っておらん」

又兵衛のあからさまな言い方に靭負は苦笑した。

「それはわかっておる。だからこそ、お主の娘である千佳殿を養子の精三郎の嫁に迎えたのだ。まことによい嫁を迎えることができた、とわたしはいまも喜んでいる」

靭負の口から自分の名が出たのを聞いて、千佳の茶碗を持った手が止まった。だが、すぐに口もとへ運んだ。

その様子を又兵衛はちらりと見てから靭負に顔を向けた。

「ならば、なぜいまのようなことを言う。わしを怒らせて話に引きずり込もうというのだろうが、そうはいかぬぞ」

又兵衛は靭負を睨《にら》みつけた。靭負は膝に手を置き、しばらく目をとじていたが、やがて見開いた目を又兵衛に向けた。

又兵衛がぎくりとしたほど、白刃の鋭さが込められた目だった。

「わたしは十六年前、派閥の争いで敗れた。そのことは、やむを得ぬことであったと思い定めておる。勝った土屋左太夫はその後、家老職を破綻《はたん》もなく務めることができたようだ。それも重畳《ちょうじょう》なことだとしか思わぬ。藩にとってはこれでよかったのであろう。しかし、藤尾のことだけは得心がいかずにきた」

「そうか、やはり、藤尾殿のことがひっかかっておったか」

又兵衛は眉をひそめた。

「わたしはあのおり、江戸から帰国するなり、藤尾が不義密通をいたしておるという噂を耳にした。それゆえ、すぐに問い質《ただ》した」

「藤尾殿は何と言うたのだ」

膝を乗り出して又兵衛は訊いた。傍《かたわ》らの千佳も身を硬くして耳をそばだてた。

「何も答えなかった。どれほど訊いても不義密通をしたとも、しなかったとも言わないのだ。ただ黙って悲しげにわたしを見ておった」

靭負は遠くを見る目をした。


十六年前――

靭負は屋敷の茶室で藤尾と向かい合った。午後の日差しが障子を薄明るくしている。

靭負の問いに藤尾は答えようとはせず、黙っていた。

薄暗い茶室の中でも藤尾の黒髪がつややかで肌が輝くばかりに白いのがわかる。その美しさに靭負は苛立《いらだ》ちを覚えた。

「なぜ、黙っておるのだ。身が潔白ならば、そう申せばよいではないか」

靭負が言い募ると藤尾はうつむいた。わずかにのぞく白いうなじが艶《つや》めいて見える。靭負は息を詰めるようにして藤尾に見入った。

靭負の胸に言い様のない憤《いきどお》りが湧いた。

それが嫉妬《しっと》なのだと気づくと、さらに激情に苛《さいな》まれた。目の前にいる藤尾が他の男に通じたのではないかと想像するだけでも胸苦しくなった。

藤尾の両肩をつかんでゆすぶって問い質したい衝動にかられた。しかし、藤尾の体に手をふれればそれだけですまなくなるのが、靭負にはわかっていた。祝言を挙げて以来、靭負は若い藤尾に溺《おぼ》れてきた。

それは藩校の秀才であり、駒井派の俊英として家中でも重きをなし、藩政を担う逸材と衆目を集めてきた靭負にとってひとに知られたくないことだった。

藤尾への思いが募るにつれ、嫉妬が激しさを増して胸の中で荒れ狂った。もし、噂が本当だとしたら、自分はどうするだろう、と靭負は頭の隅で考えた。

藤尾を斬り、相手の男も刀の錆《さび》にせずにはおかないだろう。そのうえで腹を切るしかない。藩政を動かす立場に後一歩と近づきながら、妻のためにすべてを失うのかと思うと口惜《くや》しかった。なおも藤尾への憎悪がこみあげてきた。

「藤尾、何とか申せ、申さぬか」

靭負は立ち上がって藤尾に詰め寄った。藤尾は靭負の顔を見ようとはせず、うつむいて身を硬くしている。その様が靭負を拒《こば》むものに見えた。

（こやつ、やはり密通をいたしたのだ）

靭負はかっとなった。

――藤尾

声を高くしたときには、靭負は藤尾の頰を平手打ちしていた。藤尾は畳に倒れたが、悲鳴はあげず、手をささえにして、わずかに身を起こした。畳に投げられた花の姿のように靭負の目には見えた。

靭負は、拳《こぶし》を握った手を震わせながら立ち尽くしたまま、いつまでも藤尾を見つめていた。

ううむ、と又兵衛はうなり声をあげた。

「わたしには藤尾の心がわからなかった。その間にも派閥の争いでわたしは劣勢に追い込まれ、藤尾の一件に関わっておる余裕などなくなった。連日のように会合を重ね、ひとと会っておったが、頽勢《たいせい》を挽回《ばんかい》することはできなかった。そんなある日、わたしは夜が更けて屋敷に戻った際、酒が入っていたこともあったのだろう、藤尾をまたもや責めてしまった」

　靭負がふと黙ると又兵衛が容赦なく訊いた。

「何と言って、藤尾殿を責めたのだ」

　ため息をついて靭負は口を開いた。

「こう言ったのだ。もはや、わたしは土屋左太夫に敗れるであろう。左太夫が家老となり、わたしは失脚する。そなたは、わたしの妻となるより、左太夫の後添えとなったほうがよかったと思っておるのではないか。ひょっとすると、不義密通の相手とは左太夫かもしれぬ。左太夫はもとからそなたが欲しかったのだ、それゆえ、わたしを必死になって叩き落としにかかったのであろう、とな」

「そうか――」

　又兵衛は腕を組んで靭負から目をそらした。靭負は苦しげに言葉を継いだ。

「まことにあさましきことを申したものだ。妻を疑い、おのれの失脚の八つ当たりをしたのだ。翌朝には藤尾は懐剣《かいけん》で胸を突き、自害をいたしておった」

「なんだと」

　藤尾が自害したと聞いて又兵衛は目を剝《む》いた。

　藤尾の部屋の文机《ふづくえ》の上に遺書が残されていた。それには、申し訳なく存じ候、お許

しくだされたく、と詫びの言葉が書かれた後、

——悲しきことに候

とだけ書かれていた、と靭負は話した。

「何の言い訳も書いていなかった。ただ、悲しいとだけあった」

靭負はゆっくりと、また茶を点て始めた。千佳は膝をあらためて顔を靭負に向けた。

「女子《おなご》として申し上げたきことがございますが、よろしゅうございますか」

「なんなりと」

点前を止めずに靭負は答える。千佳は意を決したように口を開いた。

「わたくしも夫ある身でございますから、わかるのでございますが、いわれのない噂を立てられたとき、女子はだれよりも夫に信じてもらいたいものだと思います。言い訳をされなかったのは、言わずともわかり合うのが夫婦《みょうと》であろうと信じておられたからではありますまいか」

靭負が黙って答えないでいると、又兵衛が言葉を発した。

「さように申すが、言われなくてはわからぬこともある。違う、というひと言をなぜ、口にしなかったのか、わしにはわからぬぞ」

「疑う気持がなければ、さようなことを訊かれますまい。すでに疑うておられる方が、違うというひと言でお信じくださいましょうか」

「さて、それはどうであろうか」

又兵衛が考え込むと、靭負は口を開いた。

「いや、千佳殿の申される通りであった。わたしはまず信じるべきであった。そのうえで不埒《ふらち》な噂の出所を調べるべきであったと思う。藤尾に何があろうとも信じようと思う気持があれば、それができたはずだ。しかし、わたしはそれをしなかった。嫉妬のあまり藤尾を疑うておったのだ」

「父上様――」

千佳は涙ぐんだ。

十六年の間、靭負は慙愧《ざんき》の思いに苦しんできたのだ、と思った。茶人として道を極めようとしたのは、この懊悩《おうのう》があったからなのだろう。

靭負は又兵衛に顔を向けた。

「わたしが、何のために国に戻ったのか、と思っているな。わたしは十六年前、嫉妬にかられてひととしての心を見失い、藤尾を死なせた。しかし、茶人として生きようとして、このままでは茶を点てられぬと思うた。亡くなられたわが師如心斎様の墓前で、ひとの心を取り戻さねばならぬ、と思い定めた。それゆえ帰ってきたのだ」

「それは藤尾殿に何が起きたのかを知ろうということか」

又兵衛の目が光った。

「いかにもそうだ。たしかに藤尾はわたしに信じてもらいたくて、何も言わなかったのかもしれぬ。しかし、自害するからには、言いたくとも、言えぬことがあったのではないかと思う。わたしはそれを知らねばならぬ。わたしがひととしての心を取り戻すためにせねばならぬことだ」

「それをわしに手伝えというのか」

「お主は十六年前、友を裏切ったのだ。それぐらいのことはしてもらわねばな」

靭負は笑って言いながら、赤楽茶碗を誰も座っておらず、空座である千佳の傍らに置いた。

又兵衛はその茶碗を訝しげに見つめたが、ふと気づいたように言った。

「そうか、藤尾殿が亡くなられたのは、一月のことであったな。その茶碗は藤尾殿へのものか」

「雪の降る日だった。藤尾の部屋から見える中庭は見事なほど真っ白に雪に覆われて一点の穢《けが》れもなかった。わたしには、それが藤尾の心であったように思える。きょうはそんな藤尾にも相伴してもらい、茶を手向《たむ》ける」

靭負は静かに言い終えた。

「よきことだ」

又兵衛は太いため息をついて瞑目《めいもく》した。

千佳はふと傍らにやわらかで温かな気配を感じた。

かすかに香の匂いが漂う。美しい女人が隣に座り、しとやかな所作《しょさ》で赤楽茶碗に手をのばすのを千佳は見た。

茶事を終えた又兵衛が辞去しようとすると、靭負は、

「露地を戻らず、そのまま裏口へ出て雪景色を味わってくれ」

と言い添えた。又兵衛はうなずいて、にじり口から出ると、待ち受けていた卯之助から刀を受け取った。

そのまま歩いていく又兵衛の雪を踏みしめる足音が茶室にも聞こえた。靭負は穏やかな表情で静座して動こうとしない。千佳も座ったまま控えていた。すると、

——どさっ

という音がして、さらに又兵衛が何事かわめいている声がした。千佳が驚いて腰を浮かすと、にじり口に卯之助が来て落ち着いた声で告げた。

「ただいま、白根様が穴に落ちられ、雪まみれになられてございます」

「ほう、そうか——」

靭負は微笑してうなずくと、千佳に顔を向けた。

「わたしが朝方、落とし穴を掘っておいた。又兵衛は意見を変えたにしろ、十六年前、わたしを裏切ったことに変わりはないゆえ、仕返しをしてやった」

おかしげに話す靭負に千佳は目を丸くした。帰国して以来、これほど明るい表情を靭負が見せたことはなかった。

靭負は卯之助にさらに訊いた。

「穴に落ちた又兵衛は何か言っておったか」

卯之助は平然として答えた。

「雪のついたお顔で、覚えておれ、と怒鳴っておられました」

靭負はくっくっと笑った。

千佳も、雪まみれになった又兵衛が憤然《ふんぜん》として肩を怒らせ、帰っていく姿を思い浮かべて口もとを押えた。

風の音が聞こえる。いっとき、止んでいた雪がまた降り出していた。

四

二十日後、千佳《ちか》は、靭負《ゆきえ》から書状を受け取った。

日差しがうららかな昼下がりだった。

靭負からの書状は果たして、山月庵の茶事にふたりの人物を招きたいというものだった。ひとりは勘定方《かんじょうかた》組頭百五十石の和久藤内《わくとうない》、もうひとりは、小普請《こぶしん》組六十石の佐々小十郎《ささこじゅうろう》だった。

和久藤内の名は、勘定方の俊秀として千佳も耳にしたことがあった。三十六、七で、穏やかな風貌のひとだと覚えていた。しかし佐々小十郎についてはまったく知らなかった。千佳はちょうど非番で邸《やしき》にいた夫の精三郎に靭負からの依頼をどうしたものか、と訊ねてみた。

奥祐筆《おくゆうひつ》役である精三郎は靭負の養子で血のつながりが薄いだけに、却《かえ》って気兼ねがあるらしく、靭負の要望にはできるだけ応えるように千佳に言っていた。しかし、一方で精三郎は家老の土屋左太夫から、靭負の動きを逐一《ちくいち》報告するよう命じられていた。うかつに靭負に言われるがまま動くわけにもいかなかった。

居室で靭負の手紙を見せられた精三郎は書状を巻き戻しながら、ため息をついた。

「和久殿は土屋派でも出世頭のひとだ。近く重職に昇ると見られている。佐々殿は地味な方でよくは知らぬが」

そこまで言った精三郎は腕を組んで考え込んだが、ふと顔をあげた。

「そういえば、昔はふたりとも父上の派閥におられたのではなかったかな」

「ですが、和久様は土屋様の派閥におられると、ただいまうかがいましたが」

訝《いぶか》しそうに千佳は訊いた。

「そうだが、かつては父上の派閥におられたはずだ。父上が国を出られて土屋様の派閥に入られたのかもしれぬが」

精三郎は首をひねってから千佳に顔を向けた。

「これは、やはり白根の父上にお頼みするしかないな」

「父にでございますか」

千佳はかすかに眉をひそめた。靭負と又兵衛は藩校のころから友達だということだが、派閥抗争の際、又兵衛は土屋派についたということだ。

父には父の考えがあってのことだとは思うが、形としては旧友の靭負を裏切ったことになる。そのことはすでに歳月によって洗い流されたように思えるが、かつて同じ派閥だった男たちを茶事に招くとなると、何事か起きるのではないか、とも気になった。

千佳が考え込んでいると精三郎はやさしく声をかけた。

「どうした。何を考えておるのだ。下手に案じるより、産むがやすしだ。きょうのうちに白根の父上を訪ねて相談いたすがよかろう」

言われてみれば、誰よりも又兵衛が昔の事情を知っているのだ。父を頼るしかない、と思いつつ千佳はうなずいた。

この日、家事をすませた千佳が実家を訪ね、門の前に立ったとき、梅の香がした。屋敷の庭には紅梅と白梅が数本ずつ植えられている。

春先に梅の香をかぎつつ、酒を飲むのが、又兵衛の昔からの楽しみだった。門をくぐって訪いを告げると、出てきた女中が又兵衛は縁側で梅を眺めていると笑みを浮かべて告げた。

思った通りだと胸の中でつぶやきながら千佳が縁側に行くと、又兵衛は酒こそ飲んでいないものの、縁側に座りのどかな表情で庭に顔を向けていた。

傍らに座った千佳が挨拶の後で携《たずさ》えてきた靭負の手紙を見せると、又兵衛の太い眉がぴくりと動いた。

「和久藤内と佐々小十郎か、妙な取り合わせだな。ふたりとも若いころは軽格の身分で藩校からの友だということだった。ふたりそろって靭負の派閥に入り、なかなかの俊秀だと言われて将来を期待されておった。しかし、十数年たってみれば和久は間もなく重職になると見られ、佐々はうだつが上がらず、小普請組でくすぶっておる。随分と差がついたものだ」

つぶやくように言いながら書状を読み終えた又兵衛は、

——そうか
とうめくように言って膝を叩いた。千佳は目を瞠《みは》った。

「いかがされましたか」

「思い出したのだ。和久藤内は靭負の派閥におったが、靭負が政争に敗れて国を出てから、土屋派に移り、順調に出世した。だが、靭負の派閥にいたころ、すでに土屋様に通じているのではないかと疑われ、佐々小十郎が斬ると言って騒いだことがあった」

「そのようなことが」

やはり、勒負がふたりを茶事に招こうとしているのには、理由があるのだ、と千佳は思った。又兵衛はしばらく昔に思いをめぐらすように黙っていたが、やがて大きな吐息《といき》をついた。

「思い出したぞ、佐々は和久を城下のはずれに呼び出して決闘を迫ったということだった。しかし、実際には刀を抜くことはなくうやむやになった。和久は、佐々の弱みを握っているから、それを言ってやるとおとなしく引き下がったと親しい者にもらしたそうだ。わしは、その話を聞いて、武士たる者が決闘まで口にしながら、何という軟弱さだ、と憤ったものだ」

又兵衛は思い出すだけでも腹立たしいというふうに言った。武士がいったん決闘を迫りながら引き下がるとはよほどのことだ、と千佳も思った。

佐々小十郎は激昂《げきこう》しやすいが、性根は惰弱《だじやく》な男なのだろうか。そんなことに思いをめぐらしていると、又兵衛がためらいがちに口を開いた。

「そう言えば、佐々には異な噂があったな」

「どのような噂でございましょうか」

千佳は又兵衛の目を見て訊いた。又兵衛は顔をしかめて、

「佐々は亡くなった藤尾《ふじお》殿の従兄弟《いとこ》でな。藤尾殿を姉のように慕っておったということだ。それゆえ、靭負が江戸に行って留守の間も、しばしば藤尾殿がいる屋敷を訪ねておった。それを不謹慎だ、と謗《そし》る者もいたのだ」

「それでは、まさか――」

「いや、藤尾殿に不義密通の噂がたったとき、佐々の名が出たりはしなかった。そのあたりのことは何となくわかるものらしい。佐々ではなく別の者だとまことしやかな噂になっておった。とはいえ、佐々がいたことが不義密通の噂が出るきっかけになったとは言えるかもしれぬな」

「ひょっとして佐々様は藤尾様のことを何かご存じであったのかもしれません」

千佳が言うと、又兵衛は頭に手をやった。

「そうかもしれぬ。靭負が和久と佐々を招くのは、昔のことを明らかにする手始めのつもりなのだろう」

千佳は山月庵で暮らす靭負に思いをいたした。

政争に敗れた後、茶人としての道を歩んできた靭負には剛毅《ごうき》さとともに孤独な翳《かげ》りがある。亡き妻のことを思って胸に深い悲しみを宿しているのではないか、とも思える。

靭負の茶事を手助けするのは、はたしてよいことなのだろうか、と千佳は逡巡の思いを抱かずにはいられなかった。

風が吹き、梅のかすかな香が漂ってきた。

五日後——

千佳は山月庵に朝から出向いた。又兵衛が和久藤内と佐々小十郎のもとを訪ねて、靭負の茶事へ招いたところ、ふたりとも応じたのだ。

昼に行う正午の茶会だった。又兵衛の話では藤内は、山月庵への招待を聞いて、初めは驚いたが、少し考えた後、にこやかに茶事への出席を承諾した。

藤内はひとをそらさぬ笑顔で、

「柏木様のお点前で茶をいただくなど、ありがたきことでございます」

と言ったが、小十郎も同席すると聞いて、口をゆがめた。

「ほう、あの男とは、ずいぶんと顔を合わせておりません。あるいはそれがしを避けておるのやもしれませんが」

ひややかな口調で言ってのけた藤内の顔には蔑《さげす》みの表情が浮かんでいた。一方、小十郎は無表情に又兵衛の話を聞いて、

「承りましてございます」

と即座に答えて丁寧に頭を下げた。又兵衛が念のために、

「和久藤内が相客《あいきやく》となるがかまわぬか」

と聞いても、小十郎はうっすらと笑みを浮かべただけで、何も言わなかった。又兵衛はふたりが茶事への出席を承諾したことを千佳に告げた際、

「わしには、何とのう、佐々の方が気味悪く思えた」

と言い添えていた。

山月庵に着いた千佳は勝手口から台所へと入った。すでに靭負の門人である卯之助《うのすけ》が料理の支度を始めていた。

千佳と卯之助が料理をしている間に、靭負は待合に軸を掛けた。頭を丸めて黒羽織《くろばおり》に着流しという茶人の姿だった。それでも、かつて藩の重職だった威厳はそこはかとなく漂っている。

昼近くになって料理の支度がほぼととのったころ千佳は靭負に呼ばれて待合に行った。靭負は何やら、書き付けを見ていた。待合に入ってきた千佳の前に書き付けを置いた。

「これは品川《しながわ》の東海寺《とうかいじ》で千利休様の供養塔建立《くようとうこんりゆう》のために開かれた勧進《かんじん》茶会の会記だ。

茶会とはどのようなものか心覚えにしておくがよい」

　覩負に言われて、千佳は書き付けに見入った。そこには、枯淡《こたん》な筆で、主客の名が記され、さらに当日、床の間に掛けられた軸が千宗旦《せんのそうたん》筆の利休居士《こじ》辞世であり、釜が千家の釜師である浄元《じょうげん》の作、炭斗《すみとり》が瓢《ふくべ》、香合、花入れ、水差《みずさし》など茶器の種類や銘がこまごまと記されていた。茶杓《ちゃしゃく》は武野紹鷗《たけのじょうおう》作である。

　料理では向付が麩《ふ》、汁が若布《わかめ》、干し大根、椀が氷豆腐、松茸、つくし、取肴《とりざかな》はゆり、銀杏《ぎんなん》、煮物は味噌漬け大根、茶は初音《はつね》、菓子は麩の焼いたものなどだった。

　千佳は料理の取り合わせなどを胸に刻みながら読み終えて、ふと床の間に目を遣《や》った。そこには、

　　春の夜の闇はあやなし梅の花　色こそ見えね香やは隠るる

と和歌が書かれた掛け軸がかけられている。和歌の意は、春の夜の闇は深く梅の花の色も見えないが、香りは隠れようがない、ありかは知られてしまう、ということだろう。

「このお歌はどなたの作でございましょうか」

千佳が訊くと、靭負は掛け軸に目を遣ったまま、

「三十六歌仙のひとり、凡河内躬恒《おおしこうちのみつね》だ。京にいたころ、さる公家に書いていただいた。きょうの趣向に合うかと思ってな」

藤尾が自害した理由は、春の闇にひそむようにわからない。だが、何か香りのようなものがつかめないか、と靭負は思っているのだろう。

千佳は靭負の年齢を感じさせない精悍な横顔を見ながら、

（父上が、この苦しみを忘れる日がくるのだろうか）

と、思い遣って胸が詰まった。靭負と千佳がひっそりと掛け軸に見入っていると、玄関の方から、

「おう」

と又兵衛の野太い声が聞こえてきた。茶事に呼ばれたという風雅さはかけらもなく、まるで道場破りに押し掛けたかのような大声だった。

千佳がすぐに立っていくと又兵衛は玄関先に立ち、背後にひとりの武士が従っている。質素な身なりからすると、佐々小十郎ではないか、と思えた。

又兵衛は玄関から上がりながら、

「佐々とはそこで出会ってな。まだ、刻限に早いからと遠慮いたしておったが、連れ

てきた」

と言った。又兵衛に続いて入ってきた男は、

「佐々小十郎でございます。本日はお招きにあずかり、かたじけのうござる」

と丁重に挨拶した。千佳は、よくおいでくださいました、と言いつつふたりを待合に案内した。卯之助が出てきて、ふたりの刀を預かった。

又兵衛が小十郎を何となく気味が悪いと言っていた意味が千佳にもわかった。小十郎はもともとは眉が秀でてととのった顔立ちのようだが、痩せて顔色が青黒く、声もかすれていた。

(お病気なのではあるまいか)

千佳は小十郎のとがった肩先を見ながら思った。待合で靭負と顔を合わせても、小十郎は特に表情を変えなかった。靭負が微笑を浮かべて、

「ひさかたぶりだな」

と声をかけると、おひさしぶりにございます、とくぐもった言い方をしただけで、すぐに目を掛け軸に転じた。又兵衛が掛け軸を見つめて、

「色こそ見えね、香やは隠るる、か。さようにうまくいくかな」

と無遠慮に口にすると、小十郎の口元がわずかにゆるんだ。又兵衛は目ざとく、そ

れに気づいた。

「ほう、お主は笑うことを忘れたかと思うておったが、そうでもないのだな」

又兵衛にずけずけ言われて、小十郎は低い声で答えた。

「笑わぬひとなどおりますまい。嬉しいにつけ、悲しいにつけひとは笑いまする」

靭負はさりげなく小十郎を見つめた。

「嬉しいおりにひとが笑うのは至極当然だが、悲しいときにも笑うものかな」

靭負に訊かれて、小十郎は目を鋭くした。

「それがしは、柏木様が悲しいおりに笑みを浮かべられたのを見ております」

「さようなことがあったか」

靭負はじっと小十郎を見据えた。

「はい、奥方様のご葬儀のおりに」

「そうか。あのときは、弔問《ちょうもん》の客は遠慮いただき、身内ばかりにて葬儀をしたが、そなたは参っておったか」

小十郎はうっすらと笑った。

「それがしは奥方様の従兄弟《いとこ》でございましたゆえ」

「わたしは笑っていたのか」

靭負は藤尾の葬儀の日に思いを馳せながら言った。たしかに小十郎も葬儀に来ていたような気がした。

「さようでございます。悲しげに笑っておられました」

「そうであったか。ひとはおのれが、どのような顔をしているかを知ることはできぬと見える」

靭負が何気なく言うと、小十郎は言葉を継いだ。

「それゆえにこそ、それがしは許せぬと思いました」

小十郎の緊迫した言葉を又兵衛は聞きとがめた。

「何のことを言っておるのだ」

「奥方様を死に追いやった男のことです」

小十郎は低い声で絞り出すように言った。そのとき、玄関先から、

「ごめん、和久藤内でござる」

男の明るい声が聞こえてきた。

五

千佳と卯之助がととのえた料理は煮抜き卵に胡瓜《きゅうり》、八丁味噌仕立ての汁、沢庵《たくあん》に豆腐、茄子《なす》の煮物、梅干、揚げ昆布などだった。

酒も出したが杯を口にしたのは又兵衛だけで、小十郎と藤内は杯を取ろうとはしなかった。ふたりの間にはよそよそしくつめたいものが流れているようだ。

藤内は靭負が茶人として大成した、としきりに感嘆の言葉を口にし、又兵衛にも世辞を使った。千佳にすら精三郎が奥祐筆役として殿のお覚えがめでたい、などと言って喜ばせようとしたが、小十郎にはまったく声をかけなかった。小十郎もまた、藤内に挨拶はせず、目をそむけた。

千佳が練り菓子を出して、しばらくして中立ちとなり、濃茶《こいちゃ》の席に移った。又兵衛を正客に藤内、小十郎の順に坐した。

千佳は水屋に控え、靭負から用を言いつけられたおりに備えたが、襖《ふすま》一枚隔《へだ》てるだけだから、茶席の様子は手に取るようにわかった。

小十郎と藤内の間に不穏な気配が漂っているのは明らかなだけに、靭負はこの茶会で何を得ようとしているのだろうか、と千佳は訝しんだ。

何度か茶の稽古をつけてもらった千佳には、靭負の茶が奥深く、ひととしての温かみがあるものに感じられていた。それなのに、ひとが争うのを唆《そそのか》すかのような茶事を靭負がなぜ行おうとするのか、納得がいかない。

靭負が国を出て辛酸《しんさん》をなめながらも会得した風雅の境地を自ら捨てることではないだろうか。それほどまでにしても靭負は藤尾の死の真相を知りたいのかもしれない。だが、知ろうとすればするほど、靭負の心は傷ついていく、と千佳は案じていた。


茶席の床の間には青竹を花器にして一枝の白梅が活けられている。又兵衛は好きな白梅を見てなごやかな表情になった。又兵衛は鼻をひくつかせて、

「どうも梅が匂うと思ったら、ここか」

とつぶやいた。靭負は炭火が熾《お》きて、しゅんしゅん、と湯が沸く松籟の音をたてる釜に向かって点前を始めながら答えた。

「又兵衛は梅が好きだと、千佳殿が言うておったゆえな」

「そうか。わしへの心遣いとは思わなんだ。青竹に白梅は、よきものだな。しかし一枝だけではさびしくはないか」

靭負は、淡々と言い添えた。

「利休様は、小座敷の花は一枝か二枝を軽くと教えておられる。にぎやか好きのお主には物足らぬかもしれぬが、寂しさも茶の味わいだ」

「ふむ、親しむ相手がおらぬ男の負け惜しみのようにも聞こえるな」

又兵衛は遠慮のない言い方をしながら、床の間に目を遣った。墨痕《ぼっこん》鮮やかに、

――夢
と一字だけ大書されていた。掛け軸を眺める又兵衛に靭負は声をかけた。

「普通は掛けぬのだが、何とのう懐かしくなってな。わが師である表千家七代如心斎《じょしんさい》様に書いていただいたものだ」

「それにしても、夢という軸をかけるのは、お主に似合わぬな」

又兵衛はうかがうように靭負を見た。靭負は何も答えず、茶を点てていく。黙っていた小十郎がふと口を開いた。

「夢とは、池塘春草《ちとうしゅんそう》の夢のことでございましょう」

かすれた聞き取り難い声だったが、靭負はうなずいた。

「そうだ。ようわかったな」

すると、藤内が、両手をひざに置いて詠《えい》じた。

少年老い易《やす》く学成り難《がた》し
一寸の光陰《こういん》軽んずべからず

未《いま》だ覚めず池塘春草の夢
階前《かいぜん》の梧葉《ごよう》已《すで》に秋声《しゅうせい》

若者は年をとりやすく、学問はなかなか成り難い。それゆえ少しの時間でも軽んじてはならない。

池の堤の若草の上でまどろんだ春の日の夢が覚めないうちに、庭先の青桐《あおぎり》の葉には秋の声が聞かれる。月日は気づかぬうちに速やかに過ぎ去ってしまうのだという漢詩だ。

藤内は詠じ終えてから、

「これは朱熹《しゅき》の作でございましたな。柏木様は昔、よく話されました。池塘春草は、宋の詩人、謝霊運《しゃれいうん》が若いおりに得た句で大変得意になっていたとか。朱熹は若い日の才に驕《おご》り、うかうかと歳月を重ねることを戒《いまし》めたのでございましょう。柏木様も時を惜《お》しめと仰せでございました」

と言った。又兵衛がふんと鼻を鳴らした。

「なるほど、和久殿は時を惜しみ、順調に出世をしたというわけだな」

藤内は又兵衛に顔を向けて、笑顔になった。

「白根様にさように言われるとは、それがしが言い過ぎたようです。柏木様とお会いして、何やら若いころのおのれに戻ったような気がいたしたものですから」

小十郎が身じろぎした。

「それはまことか」

藤内は嫌な顔をしてつめたく言い返した。

「まことか、とは何だ。お主、心安げに昔のような口の利きようをするが、いまは上士と平侍で身分が違うぞ。うかつな言いようは聞き捨てにできんな」

「ご無礼仕《つかまつ》った。されば和久殿にお訊ねいたすが、若いころに戻った気がするとはまことでござるか」

「そのような気分だと申したまでのことだ。昔を知るひとと会えば当たり前であろう」

先ほどまでとは打って変わった、傲然《ごうぜん》とした藤内の言い方だった。

「さて、それがしは、昔のことを和久殿は覚えておられぬようだ、と思ったのでござる」

小十郎は押し殺したような声で言った。

藤内は顔色を変えて、小十郎を睨みつけた。

「どういうことだ」

小十郎は答えず、靭負に顔を向けた。

「きょう、茶事にお招きいただいたのは、理由があってのことと存じますが」

「そうなのかもしれぬな」

靭負はかすかにうなずいたが、小十郎に目は向けなかった。静かに黒天目《くろてんもく》茶碗に茶を点てると、又兵衛の前に古帛紗《こぶくさ》とともに茶碗を置き、わずかに頭を下げた。

又兵衛は何も言わずに三口半飲んだが、その様子には野趣があふれ、靭負を微笑させた。

又兵衛は懐紙《かいし》を取り出して茶碗の縁をぬぐい、隣の藤内との間に置いた。

「さすがに結構なお点前だ、と言うべきだろうが、客同士が言い争うのは、亭主の修行が足りぬからだろう」

とつぶやいた。靭負はさりげなく答えた。

「いかにもそうだ。わたしの心は修羅《しゅら》の闇をさまよっている。それが、茶にも出るようだ。未熟を恥じねばなるまい」

小十郎は手をつかえて頭を下げた。

「作法にかないませず、申し訳なく存じます。されど、それがしは申し上げたきことがあって、きょう参ったのでござる。願わくば、お聞きいただきたいのですが」

「ここは茶席だ。どのような話をいたすかは正客である又兵衛しだいであろう。又兵衛に訊くがよい」

靭負がさりげなく言うと、又兵衛はにやりと笑った。

「なるほど、茶人というものは、ずるいものだな。ならば、わしも相客しだいということにしようか。話を聞くか聞かぬかは和久殿が決めるということでどうかな」

又兵衛の言葉にも藤内は眉ひとつ動かさず、返事をしなかった。小十郎が鋭い目で見据えるのも気にならないようだ。

藤内は頭を下げて傍らの茶碗を手にした。迷いの無い所作《しょさ》で茶を喫した後、小十郎との間に茶碗を置いた。

「さようならば、まず佐々が茶を喫してからのことにいたしましょうか」

藤内は穏やかな声音で言った。小十郎は不満そうに口を開いた。

「茶は話をいたしてからでもよろしゅうございましょう」

藤内はゆっくりと頭を横に振った。

「それ、茶も飲めぬほどにお主は殺気だっておる。うかつに話を聞けば、刃傷沙汰《にんじょうざた》になるかもしれぬ。それでは、柏木様にご迷惑がかかることになるゆえ、まず、茶を飲めと申しておるのだ」

藤内は奥深い物言いをした。又兵衛が、肩をゆすらせて笑ったかと思うと、ぴしゃりと膝を叩いた。

「なるほど、それは和久殿の申されることがもっともだ。相客となる気がないのであれば、茶席で何かを言い募るのはおかしかろう」

又兵衛の言葉を聞いて小十郎は目を閉じ、しばし沈思黙考した。

藤内の言い分を胸の裡《うち》で吟味している様子だった。やがて小十郎は目を開けると平静な顔つきで頭を下げた。

「ならば、頂戴《ちょうだい》いたしまする」

小十郎が茶碗に手をのばしたとき、藤内がわずかに身じろぎした。

覚悟を定めるため座り直したかのようだ。勒負は藤内の様子を黙って見ている。

小十郎は静かに茶を喫し、最後に〈吸いきり〉の作法で、

——ずずっ
と音を立てて飲み干した。小十郎が静かに茶碗を置くと、張りつめていた緊張がゆるんだ。

「茶の効用というものはあるようだ。ともに茶を喫すると、仲間のような気がしてく

る」

又兵衛がつぶやくと、小十郎は切り捨てるように言った。

「それがしは、さようには思いません。許せぬ者は許せぬという思いに変わりはございませんから」

許せぬ、という小十郎の言葉に藤内の眉がぴくりと動いた。小十郎は膝を乗り出して、声を鋭くした。

「柏木様の奥方が不義密通をされているとの噂を家中に流したのは、和久殿なのでございます」

靭負は口を真一文字に引き結んで何も言わない。

水屋にいる千佳は小十郎の言葉にはっとした。藤内こそが、藤尾の噂を流した張本人であれば、靭負にとっては妻の仇《かたき》ともいえる。千佳は小十郎がさらに何を言うかと耳をそばだてた。又兵衛が、目を光らせて、

「武士の一言じゃ。その言葉は取り消せぬぞ」

と渋い声で言った。小十郎がうなずくと、靭負は、もう一服進ぜようと言って、ふたたび茶を点て始めた。小十郎はわずかに頭を下げ、

「お許しをいただいたと存じますゆえ、和久殿のことを申し上げます」

と丁重に述べた。
藤内は目を閉じている。

六

わたしと和久殿はかつて柏木様の派閥におりました。ともに、まだ二十歳を過ぎたばかりで、かねてから親しくしておりましたが、土屋左太夫様と柏木様のいずれの派閥に入るべきかでも考えが一致いたしました。

何といっても柏木様は進取の気性に富まれ、藩を導かれる方であり、それに比べて土屋様は手堅くはあっても、旧習を守り、家中のお歴々にも心配りを欠かさぬところが、若い者には潔く見えなかったのでございます。わたしたちは柏木様とともに藩を変えていこうと、意気盛んでございました。

ところが、わたしは和久殿がある時期から土屋様に通じ始めたのではないか、という疑念を抱くようになりました。

和久殿が土屋派の方の屋敷へ時折行かれるのを見た者がいたのでございます。初めは、さような噂を信じませんでした。派閥の争いの中で、誰それが寝返ったという話はよく出たからでございます。

大半は、対立する派閥の結束を乱すための流言でした。しかし、和久殿の噂はやがて聞き捨てにできなくなりました。

柏木様が江戸に出張されている間に藤尾様が不義密通をしていると和久殿が言いふらしていると、伝わってきたからです。

あまりのことに驚き、親戚であることもあって、まず藤尾様にかような噂が流れているゆえ、気をつけられるようお伝えせねばと思いました。

そこで柏木様のお屋敷を訪ねたのです。夏の昼下がりのことでした。わたしが訪いを告げると、藤尾様が玄関先へ出て参られました。

柏木様がお留守ですから玄関先にてお話しいたしましたが、藤尾様は顔色がすぐれないご様子なのが気にかかりました。和久殿が、怪しげな噂を流していると聞いたことを告げますと、藤尾様はさほど驚かれませんでした。

そして、和久殿とは小池村《こいけむら》の土屋様の別邸で顔を合わせましたから、と何気なくおっしゃったのです。

藤尾様が土屋様の別邸に行かれたと聞いて驚きました。柏木様と争っている土屋様の別邸に藤尾様が行かれる用事などあるはずがなかったからでございます。

なぜ別邸などに行かれたのですか、と語気を強めて訊ねますと、藤尾様は困った顔になって黙ってしまわれました。どのように問い質しても、お答えになりませんでしたので、わたしは、いささか腹を立ててお屋敷を出ました。

その後、藤尾様からは手紙が届きまして、土屋様の別邸に行ったことを漏らしたのは、浅慮だった、後ろめたいことはないが、世間に伝わるとあらぬ誤解を受けるもとになるので秘して欲しいとのことでございました。さらに不義密通などの噂は根も葉もないことだから、気にされぬよう、とも書かれていました。

手紙を読んで、よくよく考えてみました。

藤尾様に限って不義密通などあるはずもございませんが、土屋様の別邸に行かれたとすれば何かわけがおありになるはずです。

しかも、そのおり、和久殿と顔を合わせているとすれば、ひょっとして土屋派の罠《わな》が藤尾様に仕掛けられたのではないか、と考えました。それで、翌日、和久殿の屋敷を訪ねて問い詰めたのです。

土屋派の屋敷に出入りしているのは何のためだ、と訊くと和久殿は最初、迷惑そうな顔をして、まともには答えませんでした。しかし、土屋様の別邸で藤尾様と顔を合わせたことはないか、と問うと顔色が変わりました。わたしを睨みつけて、なぜ、さようなことを言うのだ、と問い返したのです。

語るに落ちるとはこのことだ、と思いました。和久殿が土屋様の別邸で藤尾様と顔を合わせたのは間違いないとわかりました。なぜ、そのようなことがあったのか、と憤りが胸に湧きました。

藤尾様に罠を仕掛けたのではないか、と糾《ただ》すと和久殿は、罠とは何のことだと笑ったのです。

罠でなければ土屋様の別邸で何があったのか、答えられるはずだ、と言い重ねました。すると和久殿は渋々、祝宴《しゆくえん》があったのだ、と答えました。

何の祝宴だと問うてもそれ以上、和久殿は答えようとはしませんでした。では、なぜ、藤尾様がその場におられたのだ、と訊くと、親しき方がおられたからだろう、とだけ面倒臭げに言ったのです。

土屋様の別邸で何があったのかは、わかりませんでしたが、藤尾様は親しい方に呼び出されたようでした。しかし、それが罠だったのだ、とわたしは思いました。

藤尾様を呼び出し、酒宴の席に連ならせて、そのうえで不義密通の噂を流したのではないか、と疑ったのです。

和久殿の屋敷ではそれ以上、話をいたしませんでした。何を訊ねようとも和久殿は石のように口を閉ざしてしまったからです。わたしは和久殿を許せぬと思いました。

それで翌日、和久殿に書状を送り、果し合いを求めたのです。もはや刀にかけて問うしかない、と考えたからです。そのうえで和久殿が何も言わなければ、土屋派に寝返った裏切り者として斬ろうと思っていました。

しかし、和久殿からは謂《いわ》れのない果し合いなどしない、と書状で返事が来ただけでした。何度か、柏木派の裏切り者だから果し合いを申し込んだのだ、という書状を送りましたが、和久殿からの返事はありませんでした。

その間、わたしが和久殿に決闘を迫っていることは家中でも知られるようになっていました。

このままでは、和久殿がさらに藤尾様の不義密通の噂を広めてしまうのではないか、と焦ったわたしは下城する途中の和久殿を待ち受け、ひと目につかぬ城下はずれの草原まで誘い出したのです。

果し合いを求めると、和久殿は、まださような世迷《よま》い言《ごと》を言っているのか、と笑いました。何としても立ち合おうと詰め寄りましたが、和久殿は頭を振って、たとえ斬りつけられても刀は抜かぬ、お主は故なくして家中の者を斬ることになるぞ、と嘯《うそぶ》いたのです。

それならば、藤尾様が不義密通を働いているなどという妄言《もうげん》を今後、口にしないと誓えと迫りました。しかし、和久殿は薄笑いを浮かべて、お主は妬心《としん》を抱いておるな、と思いもよらぬことを口にしました。

妬心とはどういうことだ、とわたしは激昂いたしました。

和久殿はひややかに、わたしが柏木様の留守中に何度もお屋敷を訪ねているのは、藤尾様に懸想《けそう》しているからだ、と言う者がおるのだ、と言いました。

わたしはとんでもない濡れ衣だと声を大きくしました。しかし、和久殿はお主とは長年の友ゆえ噂を口にする者に会って打ち消してきた、それがお主の耳には、噂を言いふらしておるかのように誤って伝わったのだろう、と言ってのけたのです。

偽りで誤魔化《ごまか》そうとしている、と思ったわたしは思わず、刀の柄《つか》に手をかけました。和久殿は、抜くな、と声を高くし、さらに、もし抜けば、藤尾様が土屋様の別邸での酒宴に出られたことを家中にふれてまわるぞ、と脅《おど》したのです。それゆえ刀を抜くことができませんでした。

わたしと和久殿は藩校のころから何度も剣術稽古で立ち合って参りました。腕はおそらく互角だったでしょう。もし、斬り損じれば、和久殿は藤尾様のことを容赦なく家中に言いふらすに違いない、と思いました。

そうなれば、あらぬ疑いをかけられ、どのようなことになるかわかりません。少なくとも、これだけ迫ったからには、和久殿が藤尾様のことを口にすることは今後、ないだろうとも思ったのです。

わたしは力無く、刀の柄から手を放しました。和久殿はそれを見定めてから草原を立ち去りました。

ひとり残されて、これで藤尾様のお役に立ったのだ、と自らに言い聞かせました。ですが、それは間違いだったのです。この年の秋、帰国された柏木様から不義密通の噂を問い詰められた藤尾様は自害して果てられたのです。

表向きは病により亡くなられたということでしたが、親戚であるわたしの耳には事情が伝わっておりました。

葬儀の日、柏木様がお嘆《なげ》きの様子を見て、和久殿を許さないと胸に思い定めたのです。ところが、柏木様はその後、国を出てしまわれ、土屋様が藩政を牛耳《ぎゅうじ》られて、わたしは閑職に置かれたまま、身動きがとれなくなりました。

和久殿のなしたことを明らかにせずに討ち果たせば、ただの乱心者になってしまいます。それゆえ、きょうまで我慢して参ったのです。

話し終えた小十郎は気が抜けたように床の間の「夢」の軸を見つめる。小十郎にとって藤尾が死んでからの十六年が夢のように思えるのかもしれない。

勒負は何も言わず、ふたたび点てた茶を又兵衛の膝前に置いた。又兵衛はゆっくりと茶碗に手を伸ばしながら、

「さて、和久殿の答えを聞くといたすか。場合によっては命の遣り取りになりそうだがな」

目を閉じて小十郎の話を聞いていた藤内はようやく瞼《まぶた》を開いた。

「佐々は池塘春草の夢からいまも醒《さ》めておらぬようでござる。哀れとも、羨《うらや》ましいとも存じました」

藤内は乾いた口調で言った。小十郎は顔を強張らせた。

「わたしが池塘春草の夢から醒めておらぬとは、どういうことだ」

「お主は藤尾様にひそかに懸想いたしておった。その心があるゆえ、すべてを疑り、ゆがんで見てしまったのだ」

平然と言う藤内の表情にはうしろめたさがなかった。小十郎は頭を横に振って苦々しげに言った。

「和久殿は何やら言い逃れをされたいようだが、さようなことは見苦しかろう」

「それはお主のことだ」

藤内はきっぱりと言うと靭負に顔を向けた。

「それがしが土屋派の屋敷に出入りいたしておったのは、柏木様のお指図によるものでございました。覚えておいでてございましょうな」

靭負は釜に向かい、自らのための茶を点てていたが、静かに答えた。

「覚えておる。わたしが江戸に赴いている間、土屋派がどのような策動を行うかわからぬゆえ、和久に寝返りと見せて土屋派に近づくよう言い置いた」

小十郎は息を吞んだ。又兵衛が大げさにため息をついた。

「なるほど、お主ともあろうものが、姑息ないたしようであったな」

「あのころ、わたしは味方すら信じられぬようになっていた。留守の間の国許に目を光らせておかねばならぬ、と思ったのだ」

「それで、和久殿が間者《かんじゃ》の役目を引き受けたというわけか」

又兵衛が確かめるように顔を向けると、藤内は表情を引き締めてうなずいた。

「さようにございます。ところが、あのころ、柏木様の奥方様について、様々に言いふらす者がおりました。初めは佐々とのことでしたので、それがしが打ち消してまわり、いったん、噂は途絶えたのです。ところが、再び噂は流布《るふ》されるようになりました。何者かが執拗《しつよう》に行ったことのようです」

小十郎の顔が青ざめた。

「では、わたしは見当違いのことをしていたと言うのか」

やや哀しげに藤内は答えた。

「見当違いどころではない。お主がわしに決闘を申し込むなど騒ぎ立てるゆえ、なおのこと藤尾様に何かある、と思い込んだ者もいたのだ」

「まさか、何ということだ」

小十郎はがくりとうなだれた。靭負は自ら志野《しの》茶碗に点てた茶を喫しながら、

「しかし、わたしは藤尾が土屋殿の別邸に赴いた話は知らなかった。和久はなぜ、わたしに言わなかったのだ」

と訊いた。藤内は膝に手を置いて靭負に目を向けた。

「柏木様はご存じのことであろう、と思ったからでございます」

「なに、わたしが知っていたというのか」

「さようでございます。なぜなら、土屋様の別邸で行われた酒宴は江戸屋敷のご老女《ろうじょ》浮島《うきしま》様のお国入りを祝ってのものだったからでございます。柏木様はあのころ浮島様の帰国をしきりに気にしておられました」

藤内の言葉に靭負ははっと目を見開いた。江戸屋敷の老女浮島とは奥向きを取り仕切る女中頭《じょちゅうがしら》で、老女という呼称だが、実際には当時、三十歳を過ぎたばかりだった。黒髪豊かで色白のととのった顔立ちの女人を靭負は思い出した。

靭負はううむ、とうなった。

「わたしは藩の財政を引き締めるため、国許と江戸屋敷の奥でのかかりを減らすことを重職会議で主張しておった。つまるところ、奥方様始め側室方、女中衆への出費を引き締めようというのだ。当然、奥からは反対の声が聞こえてきた。しかし、ただひとり、浮島殿だけが、わたしの意見に賛同してくだされた。浮島殿が帰国されたのは国許の奥向きにわたしの意見を伝えて説得してもらうためであった」

又兵衛は大きくうなずいて、

「そうであった。浮島というお女中衆の美しさは評判であったな。国許へ戻られたのは覚えておる。しかし、あれから間もなく江戸へ帰ったのではなかったか。わしもひと目見たいものだと思ったが、かなわず、残念に思ったものだ」

と言うとからからと笑った。

「そうだ。浮島殿は間もなく江戸に戻られた。だが、浮島殿が帰国されている間、わたしには気になることがあった」

靭負は眉をひそめて話を続けた。

「浮島殿は土屋殿の親戚筋だった。あるいは、浮島殿が土屋殿から説かれて考えを変えるのではないか、と案じたのだ。それで和久に帰国した浮島殿の動向に目を向けるよう書状で伝えたはずだ」

「いかにも、そのような書状を頂戴いたしました。しかし、まだ若かったそれがしにお女中衆の動きを見張るなど無理だと思っていたところ、柏木様もさように考えられたのか、奥方様ならば浮島様と茶の同門ゆえ、何か訊きだせるやもしれぬとも書かれていたのでございます」

「そのようなことをわたしが――」

靭負は愕然《がくぜん》としたが、やがてうめくように言った。

「たしかに藤尾にさようなことを手紙で書き添えたことがある。しかし、忘れてしまっていた」

帰国した浮島は登城して、奥方や女中衆と何度も話し合ったが、靭負の方針への理解は得られず、空しく江戸に戻ったのだ。

靭負はその後、帰国した際には、浮島が奥と交渉した一件はすでに終わったことであり、ことさら浮島の国許での動きを確かめようとはしなかった。

すでに土屋派が勢力を伸ばしており、その対抗策を考えるうちに、藤尾の不義密通の噂がしきりに耳に入るようになったのだ。

派閥の争いも敗北の兆《きざ》しが見え始め、苦しんだ靭負は、追い詰められた気持ちのまま藤尾を問い詰めた。

藤尾は何も言わずに自害して、浮島のことも口にすることなどはなかったのだ。

靭負は藤尾の悲しげな顔を思い出した。

「土屋様の別邸では浮島様をお迎えしての茶会が行われたのです。おそらく奥方様はその茶会に招かれたのではありますまいか。茶会の後、酒宴となってからも奥方様が残られたわけはわかりませんが、浮島様と何やら親密に話をされていたことだけは覚えております。わたしは早々に帰りましたので、その後、何があったのかは存じません」

「土屋殿の別邸で藤尾に何かがあったと言うのか」

靭負は厳しい目を藤内に向けた。

「わかりません。それがしは奥方様が浮島様のことを探っておられるのだと思っただけでございます。このことは柏木様もご存じとばかり思っておりました」

「知らなかった」

靭負はぽつりとつぶやいた。又兵衛が茶碗をとり、ぐい、と一飲みした。

「どうやら、すべてはお主のひとを信じぬ心がもたらしたことのようだな」

又兵衛が茶碗を置くと、小十郎が震える声でつぶやいた。

「それがしは十六年もの間、何も知らずにあやめもわかぬ闇の中にいた、ということでしょうか。きょうは和久殿を斬り、切腹いたす覚悟で参りました。何より申せば、和久殿がわたしに妬心があると見抜いたのは間違いではなかったと存じます。申し訳なきことながら、わたしは若きころ、藤尾様に想いを懸けていたのです」

藤内は又兵衛が傍らに置いた茶碗をとって口元へ運んだ。三口半、飲んでから小十郎の脇へ置いた。

「お主は若いころの夢を見続けたのだ。愚かだとも言えるが、そればかりではあるまい。わたしは柏木様の奥方様が亡くなられたおり、これで柏木派も終わりだと見極めをつけてまことに寝返り、土屋様のもとへ走った。処世には長けていたが、夢を抱いて生きることなどはなかった。奥方様のことで血相変えて、わたしに詰め寄ったお主は大事なものを守って生きているのではないか、と何度か思ったことがあるぞ」

藤内が淡々と言うのを聞いた小十郎は、黙したまま茶碗に手を伸ばし、ゆっくりと飲み終えた。その様子を見ながら、靭負は、と声をかけた。千佳はその声に応じて水屋から出ると手をつかえた。

「きょうは、これまでといたす」

靭負の声が茶席に響いた。又兵衛がうなずいて大きく息を吐き、

「春の夜の闇はあやなし梅の花、色こそ見えね香やは隠るる、というわけだ。どうやら花は見えなくとも香りは嗅いだのではないか」

とつぶやいた。又兵衛が立ち、藤内が続くと小十郎も蹌踉《そうろう》とした様子で立ち上がった。そのとき、靭負が釜に向かったまま声をかけた。

「佐々、そなたの藤尾への想いをわたしは嬉しく聞いたぞ。藤尾もまたそうであったのではなかろうか」

靭負の言葉に小十郎は何とも言えない顔をした。靭負は振り向くと、客を送り出すべく頭を下げた。

青竹に活けられた梅の花だけが清らかに香っていた。

七

三月に入って白根又兵衛は城下はずれの篠沢民部《しのざわみんぶ》の邸を訪れた。

民部はすでに七十を過ぎており、髷《まげ》も白髪《しらが》で白い顎鬚《あごひげ》を蓄えている。もともと藩内屈指の儒学者で永く藩校の教授方を務めた後、隠居してからは椿斎《ちんさい》と号して、和歌を詠む風雅な暮らしを送っていた。

又兵衛はかつて藩校で教えを受けた民部を訪れ、和歌の話や藩校で机を並べた者たちの消息について語り合うのを楽しみにしていた。

民部はもともと八百石の大身《たいしん》の家に生まれており、隠居所として建てた屋敷も大きく、庭木が茂り母屋《おもや》のほかに離れと茶室があった。

この日、又兵衛が午後の日差しの中、隠居所の門をくぐって訪いをつげると、珍しいことに民部の妻、波津《はつ》が出てきた。

「これは波津様、先生はおいででございましょうか」

又兵衛が頭を下げて言うと、すでに六十七になるはずの波津は丸顔に笑みを浮かべて、

「白根様、よう見えられました」

と言うと、ちょうどよいところです、民部も喜びましょう、とつぶやいた。ふっくらとした体つきだが、姿のよいひとだ。波津は学者である民部を支える賢夫人として

家中に知られていた。若き日の又兵衛もなにかと世話になったことがあり、いまも頭が上がらない。

「ほう、何かございましたか」

かすかに首をかしげて又兵衛が問うと、波津は笑った。

「きょうは、さる方が茶室にて香を聞かせてくださいます。白根様が相客だと楽しかろうと存じます」

香を嗅ぐことを聞くということは又兵衛も知っていた。民部は隠居所に茶室は建てたものの さほど茶に熱心ではなかったが、きょうは何を思ったのか香を聞こうとしているようだ。

「では、御相伴《おしょうばん》にあずかりますかな」

又兵衛が屈託なく言うと、波津はいったん奥に入った。又兵衛の来訪を民部に告げて戻ってくると案内した。

茶室は渡り廊下伝いにあり、茅葺の簡素なものだった。波津が廊下に跪《ひざまず》いて障子を開け、又兵衛は中に入った。波津も続く。

茶室には民部と四十六、七歳と思しき女人がいた。客座に民部が座り、女人は風炉の傍らに控えている。紗綾形地紋《さやがたじもん》の白綸子《しろりんず》の着物に薄紅《うすべに》色の帯を締めている。黒髪が豊かで目が涼しくととのった顔立ちの女だった。

茶室の床の間には、雛祭《ひなまつ》りの時期だからだろうか、一対の内裏雛《だいりびな》が飾られている。象牙《ぞうげ》の笏《しゃく》を持った男雛《おびな》とおすべらかしの女雛《めびな》だ。隠居所の内裏雛はどこかなまめいた風情に見えた。波津がすこし恥ずかしげに言った。

「孫が訪れたとき喜びますので、雛を飾っております」

「さようでござるか。それがしにも孫はおりますれば、ようわかります」

又兵衛は女人を横目で見ながら言った。女人をひと目見たとき、誰かに似ている、と又兵衛は思った。座って民部に頭を下げ、女人に名を告げたときには、誰に似ているのかわかった。

（藤尾殿《ふじおどの》だ――）

よく見れば、女人は頬がふくよかであごも丸みを帯びているが、目元から鼻にかけてのすっきりした顔立ちは若い頃なら靭負《ゆきえ》の妻である藤尾によく似ていたのではないだろうか。又兵衛がそんなことを思っていると、女は、

「先ごろまで江戸屋敷にて奥方様にお仕えいたしておりました浮島《うきしま》と申します」

と名のった。又兵衛はぎょっとした。先日、山月庵で和久藤内《わくとうない》から浮島の名を聞いたばかりだったからだ。

「奇遇でござる」

又兵衛は息を呑んで言ったきり、言葉が続かなかった。浮島は十六年前、藩財政の立て直しのため、奥向きの出費を控えることを訴えるため国許へ戻った。そのおり、藤尾は浮島を迎えて土屋左太夫の別邸で開かれた茶会に出たらしい。

何のために藤尾がそんなことをしたのかはっきりとはわからなかったが、真相を知るはずの浮島がいま目の前にいるのだ。

又兵衛が呆然として何も言えずにいるのを見て、民部がおかしげに笑った。末席に座った波津も声をたてずに笑った。

「どうしたことだ。又兵衛は見目麗しい女人を見ると口が利けなくなると見えるな」

浮島は困ったように頰をそめた。

「椿斎様、さようなおたわむれを申されては困ります」

「なに、たわむれなどではないぞ。のう、又兵衛――」

声をかけられて、又兵衛ははっと我に返って口を開いた。

「浮島殿は永らく江戸藩邸におられたが、国許へ戻られましたのか」

「はい、長い勤めになりましたゆえ、お暇《いとま》を頂戴いたし、ひと月ほど前に、国に戻って参りました。それ以来、わたくしの邸がととのうまでの間、こちらの離れにお世話になっております」

浮島は波津に向かって頭を下げた。波津は、とんでもない、という風に手を振って見せた。

「しかし、浮島殿は土屋ご家老の親戚とうかごうております。ならば土屋様のお屋敷に逗留《とうりゅう》されればよろしかろうに」

又兵衛は訝しく思ったまま口にした。

「さようなことをよくご存知でいらっしゃいます。実は波津様はわたくしの叔母上でございます。すでに両親が亡く、実家は弟が継いでおります。わたくしにとりまして、土屋様のお屋敷より、気兼ねなく過ごせますので、こちらにお世話になったしだいです」

浮島は落ち着いて答えた。又兵衛はうなずきながらも浮島が左太夫を頼らなかったのには、やはり何か理由があるのではないか、と思った。又兵衛が思案していると、民部がごほん、と咳払《せきばら》いした。

「又兵衛はよけいなことを知りたがる。それよりも、きょうは〈聞香《もんこう》〉をいたすのだ。しっかりといたせ」

藩校時代の教授の口振りで民部は又兵衛をうながした。又兵衛は閉口した面持ちになって膝を正した。

「さて、浮島殿――」

民部は待ちかねたように浮島に声をかけた。浮島が橋と柳の模様が金箔《きんぱく》で描かれた蒔絵《まきえ》香合《こうごう》を手にすると、民部はゆっくりと語った。

「香は古《いにしえ》には仏に供えるものであったが、京の殿上人《てんじょうびと》が薫物《たきもの》として使うようになられたという。すなわち殿上人は、女人のもとを訪れた後、おのれの余韻《よいん》としてどのような香りを残すかに腐心されたのだ」

「まことに雅《みやび》なことでございます」

波津が讃嘆《さんたん》するように言った。民部はうなずいて、

「それゆえ衣類に香を焚《た》きこめ、室内に香をくゆらせた。『源氏物語』の〈梅枝《うめがえ》〉の巻では光源氏《ひかるげんじ》が明石君《あかしのきみ》との間に生まれた姫の入内《じゅだい》のために薫物をととのえ、さらに紫上《むらさきのうえ》や花散里《はなちるさと》ら女人たちにも香を調合させて香りの良否を競う〈薫物合《あわせ》〉を行うくだりがある」

と話した。又兵衛が感心して声を大きくした。

「先生はまことにようご存知じゃ」

又兵衛に褒められて苦笑しながらも民部は言葉を継いだ。

「薫物の処方が集められた後小松院御撰《ごこまついんぎょせん》の『むくさのたね』には、梅花は春の梅のなつかしき香にかよえり、荷葉《かよう》は夏の蓮《はちす》の涼しき香にかよえり、菊花は秋の菊の身にしむ香にかよえり、落葉は冬の木の葉の散るころはらはらと匂いくるにかよえり、などと記されておるのじゃ」

浮島は民部の言葉に耳を傾けた後、『古今集《こきんしゅう》』の和歌を詠じた。

色よりも香こそあはれとおもほゆれ　誰《た》が袖《そで》ふれし宿の梅ぞも

「殿上人の袖には常に香が焚きこめられていたのでございましょう。誰が袖とは、まこと貴人の芳香を思い起こさせる言葉でございます」

浮島は思いをこめて言うと、盆に載せた香合から小さく四角に切られた香木を取り出し、香炉《こうろ》の銀葉《ぎんよう》にのせた。銀葉は一片の雲母《うんも》を金銀で縁取りしたもので、香木をのせて火にかける。

馥郁《ふくいく》たる香りが立ち昇った。民部は香炉を取って手で囲うようにして香を聞くと、陶然《とうぜん》とした面持ちで、

「よき香りじゃ」

と言った。民部は又兵衛に香炉をまわした。香炉を手にした又兵衛は顔を近づけ香を楽しんだ後、口を開いた。

「誰が袖とはよき言葉にござる。まことに誰ぞの袖の香りを思い出す心持ちになり申す。香とは妙に昔を思い出させるものでございますな」

又兵衛は香炉を膝元に置いて話を続けた。

「浮島殿にお会いできたのも、何かのご縁でござる。ぜひとも、さるひとの茶を味わっていただきとう存ずる」

「お茶でございまするか」

浮島は目を丸くして又兵衛を見つめた。民部も苦笑いして、

「又兵衛は相変わらず、気忙《きぜわ》しいのう。いまは〈聞香〉の場ぞ。浮島殿を招く話なら後にいたせ」

と言った。又兵衛は、失礼いたしました、と頭を下げて民部に詫びたものの、平気な様子で浮島への話を続けた。

「詳しく申し上げるわけには参りませんが、それがしの旧友、柏木靭負がこのほど帰国いたして草庵に住まい、茶三昧《ざんまい》の風雅な暮らしをいたしております。靭負はなにやら亡くした妻のことを知る辺を頼って訊いておる様子でござる。先日、さる者から浮

島様が靭負の妻と会われたことがあると聞かされました。できますなら靭負の山月庵に参っていただきたい」

又兵衛の話を聞いて、浮島は遠くを見る目になった。

「柏木様が戻られたことは聞いております。柏木様の奥方様は、たしか藤尾様と言われましたな――」

「まさに、藤尾殿のことをおうかがいしたいのでござる」

又兵衛は膝を乗り出した。浮島はじっと又兵衛を見返した。

「そのことを柏木様は望まれましょうか」

「無論のことでござる」

又兵衛が意気込んで言うと、浮島は頭を横にゆっくりと振った。

「もし、さようだとしても、亡き藤尾様が喜ばれますか、どうか。藤尾様が喜ばれぬことなら、柏木様もけっしてお喜びにはなりますまい」

「なんと言われる。藤尾殿のことを知らぬ方がよいと聞こえますぞ」

又兵衛は口をへの字に曲げた。浮島は微笑して答えた。

「女子には殿方に知られたくないことがたんとあります。まして藤尾様は柏木様に心から寄り添っておられたようにお見受けいたしました。だからこそでございます」

「ほう、藤尾殿には知られては困るような、うしろめたいことがあったと言われまするか。それは聞き捨てなりませんぞ」

又兵衛がわずかに声を高めると、波津が手をあげて制した。

「浮島殿は何もさように申されているわけではありません。ただ、不用意なことを申し上げて誤解を招いては、と案じておられるのです」

浮島は波津に頭を下げてから言葉を継いだ。

「藤尾様に十六年前、あらぬ噂がたったことは耳にいたしております。藤尾様がその後、若くしてなくなられたことも噂と関わりがあるのかもしれぬと思い、ひそかに胸を痛めて参りました。それだけに迂闊《うかつ》なことを申し上げるわけにはいかないのでございます。それに――」

何事か言いかけた浮島は言葉を途切らせて民部をちらりと見た。民部はうなずいて、

「又兵衛が靭負のことを思うているのはわかるが、浮島殿の立場も考えてもらわねばならぬの。浮島殿は土屋ご家老の親戚じゃ。かつて土屋様の政敵であった靭負に近づくのは憚《はばか》られよう」

と言った。又兵衛は手をつかえて頭を丁寧に下げた。

「韌負はもはや、一介の茶人でございます。藩の政《まつりごと》とは何の関わりもございません。いま韌負の心にあるのは亡き妻の思いを知りたいという一事のみでござる。もし、浮島殿が藤尾殿の思いをご存知であれば伝えていただきとうござる」

又兵衛の様子をじっと見つめた浮島は波津に顔を向けた。波津はうなずいて又兵衛に声をかけた。

「白根様にそこまでおっしゃられては、浮島殿も参らぬわけにはいきますまい。ならば、こういたしましょう。わたくしもともに山月庵に参ります」

「波津様もでござるか」

又兵衛はぎょっとした。波津は大きくうなずいて見せた。

「ちょうど雛祭りの季節でございます。わたくしと浮島殿、それに白根様の娘御の千《ち》佳《か》様もお呼びいたし、雛の茶会にいたせばよろしゅうございます。ただし、白根様にはご遠慮いただかねばなりませんが」

波津に雛の茶会と言い出されて、又兵衛が戸惑っていると民部が口をはさんだ。

「又兵衛、わしの女房殿が言い出したら後へは退かぬことは、よく知っておろう。もはや、観念いたせ」

「なるほど、さようでございますな」

あきらめたように又兵衛が答えると、浮島が声を低くして言った。

「波津様の仰せもあり、わたくしは山月庵に参ろうと存じますが、それにつきまして申し上げねばならぬことがございます」

浮島の声音には緊張した思いが籠《こも》っていた。又兵衛は真剣な面持ちになって浮島に目を向けた。

「なんでござろうか」

「わたくしが柏木様とお会いするのを喜ばぬ方が家中にはおられます。実のところ、近頃、何者かに見張られておる気配を感じております」

「なるほど、さようか」

又兵衛は目を光らせた。

「されば、わたくしが山月庵に向かおうとすれば、妨《さまた》げられるかもしれませぬ。そのことをご承知おきください」

浮島の言葉に又兵衛は莞爾《かんじ》と笑った。

「それはようござった。雛の茶会ゆえ、それがしは相伴できぬとがっかりいたしましたが、どうやら浮島殿を無事、送り届ける大役があるようですな」

浮島は又兵衛の返事を聞いて安心したように笑みを浮かべた。

「柏木様にお会いいたすのは、随分、ひさしぶりのことでございます。お変わりになられたことでございましょうな」

浮島の声にはどことなく艶めきがあった。床の間の男雛と女雛の白い顔が障子を通した薄日に輝いていた。

八

又兵衛は民部の屋敷からの帰りに柏木屋敷を訪れ、客間で千佳に浮島との話を伝えた。

「それではわたくしも雛の茶会の客となるのでございますか」

千佳は又兵衛の顔を見つめて眉をひそめた。

「波津様の言い出されたことだ。しかたないではないか。わしは昔から波津様には逆らえんのだ」

又兵衛は胸を張って言った。威張るようなことではないのに、と千佳は思ったが、何も言わなかった。それよりも、やはり浮島が何を知っているのだろうか、と気になった。

「それにしても、浮島様にかように早くお話がうかがえるとは思いがけないことでございました」

千佳がしみじみ言うと又兵衛は腕を組んだ。

「そのことだがな、少々、できすぎているようだ」

「と申されますと」

千佳はうかがうように又兵衛の顔を見た。

「和久藤内め、おそらく浮島殿が国許へ戻っていることを知っておったのだ。それで先日、さりげなく靭負の耳に入れたに違いない」

「さようでございましょうか」

千佳は藤内の怜悧《れいり》な顔を思い浮かべた。言われてみれば、浮島が国許に戻っていることも知らずに藤内が話したとは思えない。

「浮島殿は江戸におられた。靭負は茶人として名を知られ、大名とも交際があったと聞いておる。だとしたら靭負が江戸から国許へ戻ったことを浮島殿は耳にしたかもしれぬ。いや、だからこそ暇をもらって戻ったのではあるまいか」

「何のためにでございましょう」

千佳は息を呑んで訊いた。又兵衛は考え深げな表情であごをなでた。

「おそらく、靭負に会うためだ。だからこそ、何者かが浮島殿に見張りをつけたと思わねばならぬ」

「では、ひょっとして浮島様は父上が来られるのを待つつもりで篠沢様のお屋敷に仮《か》寓《ぐう》されていたのでしょうか」

千佳が考えをめぐらしながら言うと、又兵衛はにやりと笑って、あごをなでていた手を膝に置いた。

「そうではなかろうかな。波津様が雛の茶会などと言いだす段取りも妙に早かった。椿斎先生まで波津様と呼吸を合わせて、わしを説得されたのは、あらかじめ打ち合わせておいたからであろう。どうやら、まんまと罠にはまったぞ」

又兵衛はからからと笑った。千佳は心配げに訊いた。

「ですが、浮島様が何者かに見張られているとすれば、柏木の父上と会わせれば家中のもめごとに巻き込まれることになるのではございますまいか。雛の茶会は開かない方がよいかと思いますが」

「なに、もともと靭負が帰国したがゆえに起きておることだ。いまさら逃げるわけにはいくまい」

又兵衛は平然と嘯《うそぶ》いた。千佳は顔をしかめた。

「もし浮島様を見張っている者が手荒な真似をしようとしたらどうされるのでございますか」

「わしの以心《いしん》流の槍で相手をするまでのこと。若い頃、槍の又兵衛と言われた腕はまだなまってはおらぬぞ」

又兵衛は自慢げに言った。以心流は九州、豊後岡《おか》藩の三宅半左衛門《みやけはんざえもん》を開祖とする剣術と槍術の流派である。三宅半左衛門は、京僧《きょうそう》流素槍《すやり》や戸田《とだ》流、卜伝《ぼくでん》流、無極《むきょく》流、新陰一刀《しんかげいっとう》流などを修行した後、

――心なきところ剣の道なし

と悟り、以心流を開いたという。又兵衛は藩校のころから槍が得意で稽古試合では無敵だったとかねてからまわりに吹聴《ふいちょう》してきた。それだけに千佳は、

「心を以《も》って行うのが武術である」

と又兵衛が流派の奥義を声高に語るのを聞き流し、浮島との茶会が危ういものにならねばよいがと案じるばかりだった。

又兵衛は槍の自慢をしたが、さすがに茶会の準備については用心深く、自分は靭負のもとに赴《おもむ》かず、千佳を何度か行かせて日取りを決めた。

十日後——

又兵衛は槍持ちの家僕《かぼく》ひとりを連れて四ツ（午前十時ごろ）に篠沢屋敷を訪れた。浮島と波津はすでに支度をして玄関先で待っていた。

外出のため化粧した浮島はひときわ匂い立つような美しさだった。又兵衛は咳払いをしてから厳《おごそ》かに、

「では参りましょうか」

と告げた。又兵衛はやや鯱《しやちほこ》ばりながら、家僕を引き連れ、先導して歩いた。浮島と波津は後に従った。

よく晴れて暖かな日で遠くの山には春霞《はるがすみ》がかかっている。又兵衛は歩きながら駘蕩《たいとう》とした気分になってきた。そのとき、後ろの方で、

「卒爾《そつじ》ながら、お訊ねいたしたい」

と男の声がした。又兵衛が振り向くと、いずれも笠をかぶって顔を隠した羽織袴《はおりはかま》姿の武士三人が浮島を呼び止めた様子だった。

三人は通りがかりとは思えない。どうやら、浮島をかねてから見張っていたよう

だ。

(浮島殿の言われたことはまことであったか)

又兵衛は驚くとともに容易ならないものを感じた。かつて土屋派と柏木派の争いが激しかったころはたがいに相手の動きを監視し、隙があれば付け込もうとしていた。しかし、派閥の争いがなくなってからは、そんな風潮も消えていたのだ。又兵衛はかつての緊張が蘇《よみがえ》ってくるのを感じた。

又兵衛は家僕が捧《ささ》げ持っていた槍を取って小脇に抱えると武士たちに向かって悠然《ゆうぜん》と近づいていった。

武士たちは又兵衛が槍を抱えて戻ってくるのを見てわずかに腰を落として身構えた。いずれも武芸の達者であることは見て取れた。

浮島は江戸藩邸の奥を取り仕切っていた貫禄《かんろく》を見せて、

「わたくしに何か御用でございましょうか」

と訊き返した。武士のひとりが落ち着いた声で言った。

「いずこへ参られますか」

笠の陰になって顔はわからないが若い男のようだった。

「さようなことを見ず知らずの方にお答えするわけには参りません」

「われらはご家老の土屋様より浮島様の身辺警護を仰せつかっております。さすれば、いずこへ参られるかをお訊ねいたすのはお役目によってでござる」

武士が当然のように言うと、又兵衛が浮島をかばって前に立った。

「わしは奥祐筆頭《おくゆうひつがしら》の白根又兵衛だ。そこもとらは土屋ご家老の命により、この女人の警護をいたしておるそうだな。では、まず、名をなのれ」

又兵衛が睨み据えて言うと、武士たちは黙りこくった。

又兵衛を見て何事か思案しているようだ。しかし、奥祐筆頭の又兵衛に恐れ入るという殊勝さはいささかも見えず、却って不遜《ふそん》な気配が漂っていた。その様子を見て、闘志をかきたてられた又兵衛はにやりと笑った。

「ほう、名のれぬとは、奇怪千万。そこもとら、ご家老の命などとは真っ赤な偽りであろう」

又兵衛は槍をしごいて穂先の槍鞘《やりさや》を落とした。槍の穂先が陽光に白く光った。又兵衛は腹の底に響く声を出した。

「胡乱《うろん》な奴らだ。無礼を働くつもりならわしが許さぬぞ」

武士たちは又兵衛が構えた槍を恐れる様子もなく見つめたが、体を寄せてひそひそと囁《ささや》き交わした。

又兵衛は油断なく槍を構えている。男たちがいきなり刀を抜いて斬りかかってくるかもしれないと思っていた。しばらくして若い武士が一歩前に出て又兵衛に頭を下げた。

「ご無礼仕った。他意はござらぬ。どうぞお行き下され」

又兵衛に丁寧に挨拶した武士は、浮島に向かっては厳しい声を発した。

「きょうのことは、あの方にお伝えいたします。今後、いかなることが起ころうとも身から出た錆でございますぞ」

浮島は能面のように無表情な顔で武士の言葉を聞いた。あの方に伝えるとはどういう意味なのだろう、と又兵衛は眉をひそめた。

武士たちは土屋家老の命で動いていると言ったが、どうやら背後にいるのは別な人物のようだ。しかも、その人物は浮島が意に背けば何事か仕掛けてくる非情さを持っていると思える。

脅《おど》しともとれる武士の物言いを、又兵衛が叱責《しっせき》しようとしたとき、武士たちは機先を制するかのように、

——ご免

と同時に言って頭を下げ、踵《きびす》を返すと背を向けて立ち去っていった。武士たちの後

姿はひややかで不気味な気配を漂わせている。又兵衛は槍の石突《いしづき》を地面に突き立てながら、

「無礼者め、言いたいことを言いおって」

と憤りの声をあげた。しかし、浮島は何事もなかったかのように微笑した。

「いえ、これで、却ってわたくしの覚悟も定まりました。柏木様に余《あま》すところなくすべてを申し上げることができるかと存じます」

「さようか、それはありがたい。ならば、帰りもそれがしがお送りいたす。いまの奴らがまた現れるようなら、今度こそ槍の錆にいたしてくれましょう」

又兵衛がそっくり返って高言すると、波津があきらめたようにつぶやいた。

「雛の茶会がとんだ血《ち》腥《なまぐさ》いことになりそうですね」

浮島は山月庵に思いを馳せるかのような面持ちでゆっくりと歩み始めた。


千佳はこの日、朝から山月庵を訪れて茶会の支度を手伝っていた。

浮島が訪れることを千佳から聞いた靭負はさほど驚かなかった。ただ、浮島が篠沢屋敷の茶室で香を焚いたという話に興味を示した。

「そうか。浮島殿は香をたしなまれていると聞いたことがある。香は茶によく合う」

靭負はうなずいて袋棚《ふくろだな》に置いていた書物を手に取って開いた。

千利休の茶事について記録したと伝えられる『南方録《なんぼうろく》』の写しだった。靭負は書物を開いて、千佳に示した。

「これはおそらく天正十五年の茶会記ではないかと思える」

そこには、流麗な筆で茶会の記録が記されていた。

十一月十七日　夜　雪
四畳半ニテ　御室御所《おむろごしょ》　妙法院《みょうほういん》　日野《ひの》殿
初
一床ニ定家《ていか》卿　降雪《ふるゆき》に
一前ニ短尺箱　一釜　雲竜《うんりゅう》　クサリ
一袋棚ニ
一盆ニ　香炉　青磁《せいじ》　香合　グリ〱　焼《たき》ガラ入　カネ　火箸《ひばし》
一水サシ　ハント　一羽箒《はぼうき》
一御詠歌《ごえいか》ドモアリ、香炉モ廻ル、其後炭《そのあと》

天正十五年といえば、豊臣秀吉《とよとみひでよし》が九州征伐を行い、九月には自らの住まいとして贅《ぜい》を尽くした聚楽第《じゅらくだい》を建て、十月に北野《きたの》大茶会を開いた年だ。言わば秀吉の権力の絶頂期とも言えるはなやかな時期に千利休は、御室御所（守理《しゅり》法親王《ほうしんのう》）や妙法院常胤《じょういん》法親王、日野輝資《てるすけ》ら貴人たちと茶会を開いた。

四畳半の床の間に藤原《ふじわら》定家卿の軸を掛け、袋棚、釣り釜という設《しつら》えで茶を点てたが、青磁の香炉が用意されており、法親王という尊い身分の客を招いた茶席で〈聞香〉が行われたのだ。

「茶席での香は床《ゆか》しいもの、千利休宗匠《そうしょう》も臼《うす》にて練香《ねりこう》を練られたという」

靭負は『南方録』に目を通しながら淡々と言った。千佳は靭負の横顔を見ているうちに訊かねばならないと思った。

「白根の父が浮島様は父上に会うために国許へ戻られたのではないか、と申しておりました」

「ほう、又兵衛は異なことを申す」

靭負はゆったりとした微笑を浮かべた。千佳は靭負の目を見つめて重ねて訊いた。

「父上もさように思われておられるのではございませぬか」

「いや、わたしには浮島殿が何を思われているのかわからぬ」

「ですが――」

言いかけて千佳は口をつぐんだ。もともと、靭負が藩の緊縮財政を言い出したとき、奥女中の浮島が賛同したのは御家のことを考えてではあっただろうが、靭負への好意があったからではないかとも思える。

(浮島様の胸には父上への想いがあるのではないだろうか)

千佳はそんなことを思ったが、口にするわけにはいかない。言えないだけにもどかしい思いでいると、靭負が口を開いた。

「卯之助《うのすけ》に茶席の花を庭に持ってこさせておる。千佳殿に活けてもらおうか」

靭負にうながされ、千佳が縁側に立って庭を見ると水桶《みずおけ》に緑の葉がついた淡紅色の花が入れられている。

「侘助《わびすけ》でございますね」

千佳は何気なく言うと、庭に下駄を履いており、水桶を縁側にあげた。陽射しに侘助の可憐《かれん》な花が照り映えていた。

侘助は、加藤清正《かとうきよまさ》が朝鮮から持ち帰った椿で、利休の下僕《げぼく》の侘助が苦心して育てたことから、侘助と呼ばれるようになったなどとも伝えられる。

千佳は靭負に言われるまま、水桶の侘助を竹花入れに活けた。

淡い紅色の花が雛の茶会によく似合う気がした。それとともに侘助にどこかなまめいたものを感じた。

(浮島様はこの花のような方かもしれない)

そう思うと、千佳はなぜか胸がざわめく気がした。

九

浮島と波津が又兵衛に案内されて山月庵を訪れると、千佳は出迎えて、ともに客になった。又兵衛は山月庵には入らず、槍を小脇にあたりを睥睨《へいげい》しながら歩き回った。茶会の間、胡乱な者が近づかぬよう見張るつもりなのだろう。

茶席で武骨に茶を喫するよりも、槍を抱えてあたりを見回している方が又兵衛には似合っているようだった。

浮島が波津たちとともに待合に入ると、卯之助が支度した懐石が出された。土筆《つくし》と麩の味噌汁、蕨《わらび》と木の芽の椀盛りなどが浮島を喜ばせた。

「おいしい物をいただくと国許に帰ってきたという気がします」

浮島はほっとした表情で千佳に話しかけた。千佳は微笑んで、

「わたしどもは江戸というところはさぞおいしいものがあるところだろうと思ってしまいますが」

と答えた。浮島は頭を横に振った。

「いえ、誰しも生まれ故郷の味が一番だと思います」

波津は楽しげに口をはさんだ。

「なればこそ、浮島殿も国許へ戻られる気になられたのでしょう。江戸屋敷の奥女中の中には勤めを退かれて、そのまま江戸にて暮らす方もおられますのに」

「わたくしには戻ってお会いしたい方もございましたから」

浮島がふと本音らしいことを漏《も》らしたが、千佳と波津はさりげなく聞き流した。浮島ははっとした様子で箸を置き、

「まことに結構なものを頂戴いたしました」

と頭を下げた。

懐石を終えて、浮島たちが茶席に移ると靭負が釜をかけた炉のかたわらに控えていた。床の間には千佳が侘助を活けた竹花入れがあり、軸が掛けられている。軸には、
百花春至為誰開《ひやつかはるいたつてたがためにかひらく》

とあった。波津が頰をゆるめて訊いた。

「柏木様はわたくしどもを百花と見てくださいましたのか」

「公案集である『碧巌録《へきがんろく》』の言葉です。冬は枯野原でも、春ともなれば一斉に花を咲かせ、百花繚乱《りょうらん》となりますが、花を見るのは、その姿を見るのではなく香のような花の心を見るべきだ、ということではありますまいか。きょうはいかような茶になるかと思案したおり、何となくこの言葉が浮かびました」

靭負が答えると、浮島は手をつかえ挨拶した。

「おひさしぶりにございます」

靭負も頭を下げた。

「ひさかたぶりでござるが、浮島殿にはお変わりもなく重畳でござる」

「さように言っていただけますと、嬉しゅうございますが、ひとは年を経れば変わるものかと存じます」

浮島はしみじみとした口調で言った。靭負は苦笑して剃《そ》り上げた頭にゆっくりと手を遣った。

「かつての重臣、柏木靭負ではなく、いまは一介の茶人孤雲《こうん》でございますからな」

「いえ、わたくしが申し上げたのは、お心持ちのことでございます」

「ほう、わたしの心が変わったと言われまするか」

興味深げに靭負は浮島を見つめた。

「はい、おやさしくなられました」

意外な浮島の言葉に靭負は訝しげに訊いた。

「昔のわたしはやさしくはござらなんだか」

「厳格でかりそめにも柔弱なる物言いは嫌われたと存じます」

浮島は昔を思い出すように言った。靭負は頭を下げて誰に言うともなく、

「昔のおのれの未熟さは恥じ入るばかりでござる」

とつぶやいた。浮島はうなずくと、わずかに目を鋭くして話し続けた。

「そのお言葉はいまは亡き奥方様に言われたものでございましょうな」

浮島の言葉には責める気配があり、茶杓を取ろうとした靭負の手が止まった。しかし、靭負は何も言わない。千佳がたまりかねて口をはさんだ。

「浮島様、いささかお言葉が――」

「過ぎまするか。されど、わたくしには藤尾様のご無念がわかりますゆえ申さずにはおられぬのでございます」

浮島の言葉は辛辣《しんらつ》だった。靭負は浮島に向き直り膝に手を置いた。

「きょうは、浮島殿より、藤尾のことをおうかがいいたしたいと思い、茶にお招きいたした。話していただければありがたく存ずる」

浮島はしばらく考えてから懐中から袱紗《ふくさ》の包みを取り出した。袱紗を開いて中から志野《しの》袋を取り出した。

「お話をいたす前に香を聞いていただきとう存じます」

「香を？」

「はい、昔のことを思い出していただきたいのでございます。空薫《そらだき》をいたしますゆえ、お許しください」

空薫とは、炉で練香を焚くのだ。室内が香で満たされる。

「浮島殿の秘蔵の香であろうな。聞かせていただこうか」

靭負が応じると、浮島は炉のそばににじり寄り、志野袋から練香を取り出した。

浮島はしなやかな所作で火箸を手にすると炉の炭火を灰に埋めた。盛り上がった灰に練香を置いた。

「この香は舞車《まいぐるま》という銘にございます」

浮島が言うと靭負は首をかしげた。

「能にもさような曲名がありましたな」

浮島は靭負の目を見て深々とうなずいた。

「さようです。能の舞車は男女の物語でございます。昔、鎌倉《かまくら》の男が、京に出て恋した女人を伴って帰国しましたが、親に仲を裂かれ女は追い返されました。男が女を慕って京に上る途中、遠江《とおとうみ》の見付《みつけ》の宿で祇園会《ぎおんえ》が催されておりました。この宿場では旅人の男女に歌舞を所望する習わしがあったということです。男は町の人達に望まれて、やむを得ず東の舞車に上って舞を演じました」

山車《だし》は東西ふたつあり、男女がそれぞれにのって舞うのだ。西の車で舞手が美人揃《びじんぞろえ》の曲舞《くせまい》を舞った。東の車では鎌倉の男が舞手となり、菅丞《かんしようじよう》相の妻戸《つまど》の舞を舞う。

ふたりとも見事な舞だったことから、町のひとたちから、もう一番所望された。

このとき、ふたりは大磯《おおいそ》の遊女虎《とらご》御前《ぜん》が曾我十郎《そがじゆうろう》に名残《なごり》を惜しむ場面を舞いたいと言ったため、東西の舞車を寄せて並べ、ふたりの舞手による相舞《あいまい》になった。

「舞が始まると、鎌倉の男は隣で舞う女が別れた妻であることに気づき、女も男がわかるが、ふたりはめぐり会えた喜びを胸に秘めつつ、あでやかに舞って再会を喜び合ったということでございます」

浮島が話すにつれ、香りが立ち昇ってくる。

夜の宿場の山車の上で舞う、おたがいを想う男女の情を思い起こさせるしっとりとした香りだった。靭負は目を閉じて香を聞きつつ、

「昔のわたしはひとの情というものに疎《うと》かったのやもしれぬ」

と独り言《ひとご》ちた。浮島は何も言わずに悲しげな目で練香を見つめている。

波津が、ゆるやかな口調で、

「さて、香は満ちました。浮島殿はお話をされてもよいのではありませんか」

とうながした。

浮島は静かに話し始めた。

十六年前、わたくしが国許に戻りましたおり、土屋様の別邸にて藤尾様とお会いしたことは、靭負様はご存知でございましょうか。

わたくしがひさしぶりに国許に戻ったものですから、土屋様は茶会を開いてくださいました。土屋様ご自身は御用繁多でお見えになりませんでしたが、家中で茶をなさる方に大勢お出でいただき、大層、楽しいものになりました。

その茶席に藤尾様はおられたのです。お美しさがひときわ目立つ方でしたが、物腰はひそやかで、おとなしげにしておられました。わたくしと親しい方が、藤尾様のこ

とを教えてくださいました。

柏木様の奥方様だとおうかがいして、茶席になぜお見えになったのかわかる気がいたしました。わたくしは柏木様が主張されていた奥向きでの費《つい》えを節約いたすことに賛同して国許を説得するために帰国いたしたのです。

しかし、わたくしは柏木様にとって政敵である土屋様の親戚でした。しかも、国許では土屋様の別邸に世話になりました。

言うならば柏木様はわたくしが土屋派に寝返るのではないかと疑われたのだと存じます。だからこそ、わたくしの様子をうかがうために、藤尾様が伝《つて》をたどって土屋様の別邸での茶会に来られたのでしょう。

そのことはわたくしにとって悲しいことでございました。わたくしは女の身ながら柏木様のされようとしていることをお助けしたいと念じておりました。しかし柏木様はわたくしの寝返りを案じておられたのです。

わたくしは、そばに来られた藤尾様に悔しい思いから、つめたい言い方をしてしまいました。ありていに申せば、柏木様ほどの御方の奥方様であることを羨む心持ちがあったように思います。まことに浅はかなことでございましたが、わたくしの素っ気ない物言いに藤尾様は悄然《しょうぜん》とされました。そして、

「わたくしは浮島様が羨ましゅうございます」

とつぶやかれました。わたくしは心至らぬままに、

「何を仰せになられます。柏木様はいずれ御家を背負われるお方ではございませんか。それほどの方の奥方であられることを家中の女子は皆、羨んでおりますものを」

と答えてしまいました。藤尾様は頭を横に振られ、さびしげに言われました。

「旦那様はすぐれた方でございますが、わたくしは何ほどのこともできぬ未熟者でございます。浮島様のように旦那様のお役に立つことができれば嬉しいのですが」

わたくしはそのときになって、はっと気づきました。

藤尾様が知らぬひとが多い茶席に出てこられたのは、柏木様のために尽くしたいとの一心だったのだ、とわかりました。

あるいはわたくしが柏木様のために働いているとあからさまに振る舞えば、藤尾様は無理に茶席に出ることはなかったのでしょう。

それが、藤尾様の悲運につながったのでなければよいが、という思いがしてならぬのでございます。


浮島が話を途中でやめると、靭負は口を開いた。

「浮島殿、茶席に出たことが藤尾の悲運につながったとはどういうことでしょうか」

「茶席には、丹波承安《たんばしょうあん》様とご子息の正之進《しょうのしん》様もお見えでございました」

浮島は声をひそめて言った。

「なんと、丹波様が――」

丹波承安は藩主の一門で藩政の表面にこそ出てこないが、永年、黒幕として力を振るった人物として知られていた。すでに七十を越えているはずだが、十六年前は五十四、五歳で隠然たる力を持っていたはずだ。

承安は自ら藩政を牛耳ろうとはしないが、承安の支持を得た者が執政職につくとされていた。靭負も執政となるために承安のもとに足繁く出入りし、支持を取り付けていた。

靭負が一時は土屋左太夫を圧する勢いを得ていたのも、承安の威光を背にしていたからだった。だが、靭負が江戸に赴いている間に土屋派が巻き返しを計り、形勢が変わっても承安は取り立てて動こうとはしなかった。

頽勢挽回に躍起《やっき》になっていた靭負が頼みの綱にしようとしたものの、そのころには承安は会おうとさえしなくなっていた。

どうやら承安が土屋派についたらしいと知ったとき、靭負はすべてを諦め、失脚したのだ。その承安がいた茶席に藤尾が出たのだ、と知って靭負は戦慄《せんりつ》を覚えた。

承安は藩政の黒幕らしく権謀に長けていたが、一方で好色で側妾《そくしょう》を何人も抱え、さらに侍女や家士の妻にまで手を出すという悪い噂があった。しかも冷酷非情であり、妻を奪われて憤りのあまり、自害した家士がいることを靭負は知っていた。

「浮島殿、茶席で何があったのです」

靭負は押し殺した声で訊いた。

「何もございません。ただ、丹波様は藤尾様をお呼びになり、お屋敷での茶会にも参るようにと仰せでございました」

「そのようなことが――」

靭負はうめくように言った。浮島は痛ましげな表情になって言葉を継いだ。

「ご存知のことかと思いますが、ご一門衆の丹波様のお申しつけには誰も逆らえません。茶席で丹波様のお言葉を聞いた者たちも関わりになるのを恐れて、素知らぬ顔をしておりました。藤尾様はどうお答えしたらよいかもわからず困っておられました」

「それで藤尾は丹波様のお屋敷をお訪ねすると返事をいたしたのでしょうか」

靭負の問いに浮島はゆっくりと頭を横に振った。

「いいえ、その場は丹波様のご嫡男正之進様が取り成しをされて、藤尾様は返事をされずともすんだのでございます。正之進様は父上に似ぬ温厚な方だとうかごうておりました」

「さようか」

靭負はほっとした表情になった。藤尾が承安の呼び出しを受けたとすれば、どのようなことになったかわからない、と思った。しかし、執念深い承安の誘いが正之進の取り成しだけで終わったはずがない、と気がついた。

靭負はため息をついた。

「丹波様が目をつけたからには、それだけではすまなかったでしょうな」

浮島は目を伏せてうなずいた。

「わたくしもさように思います。正之進様の取り成しで、その場ではもはや何も言われませんでしたが、丹波様の目は茶会の間、藤尾様に注がれておりましたから」

「藤尾に浮島殿の様子をうかがわせようとしたわたしが愚かでした。すべては、やはりわたしの咎《とが》です」

靭負が口惜しげに言うと、波津が身じろぎして口を開いた。

「先ほどから話をうかごうておりますと柏木様は随分と女子を軽んじておられまするな」

「なんですと」

靭負は驚いて波津の顔を見た。平然と靭負の目を見返した波津は、さらに浮島に顔を向けた。

「浮島殿もいささか藤尾殿を見くびっておられますぞ」

「わたくしがでございますか」

浮島は当惑して訊き返した。波津は深々とうなずいた。

「わたくしは娘のころの藤尾殿を家中での歌会のおりにお見かけいたしました。おふたりが思うておられるほど、脆弱《ぜいじゃく》な女人ではなかったと思います。おとなしゅうはあっても、芯の強いひとであったとわたくしは見ております」

「それでは、藤尾は丹波様の屋敷には参らなかったと思われますか」

靭負は膝を乗り出して訊いた。

「それはわかりません。しかし、藤尾殿は武門の女子としての矜持《きょうじ》を持っておられたはず。丹波様のもとへ参ったとすれば、それ相応の覚悟があってのことかと存じます。仮にも不埒《ふらち》を働かれて、おめおめと生き延びる方とは思いませぬぞ」

波津は厳然として言った。

その言葉を聞いて、千佳の胸にはこみあげるものがあった。熱いものがあふれてき

て、なぜか涙が出てきて止まらなかった。靭負がはっとして、

「千佳殿、いかがした」

と声をかけても、千佳の涙は止まらない。

千佳は頭を振ってかすれた声で言った。

「わかりませぬ。波津様のお言葉が嬉しく、ありがたく思えてならぬのでございます」

千佳の様子を見た波津は微笑んでしみじみとした声で言った。

「浮島殿の香が藤尾殿の霊魂を呼び寄せたのでしょう。まさに舞車ではありませぬか。男と女の輪廻《りんね》の縁に結ばれ、千佳殿の心に添われたのかもしれませぬ」

波津の言葉にうながされて靭負は千佳の傍らにひっそりと控える女人の影を見た気がした。

「されど、藤尾の嘆きの深さをいまだわたしはわからずにおります」

慙愧の念に堪《た》えず、目を閉じた靭負を波津はやさしくうながした。

「雛の茶会と申すに、わたくしどもはまだ一服もいただいておりません」

「さようでござった」

靭負は思い直したように釜に向かった。心を鎮《しず》めて点前を始める。その所作には一

瞬前の心の乱れはすでにない。

「わたくしは、やはり藤尾様の心に及ばないようです」

浮島は悲しげな表情でつぶやき、勒負の手を見つめ続けた。

山月庵の外では又兵衛が槍の石突を地面について、仁王立《におうだ》ちしていたが、目は天に向かって突き立つ槍の鞘へ向けられていた。

槍鞘の上には揚羽蝶《あげはちよう》が止まっていた。又兵衛は、

——退《の》け
と言わんばかりに揚羽蝶を睨みつけていたが、追うために槍を振ろうとはしなかった。じっと槍を握りしめて微動だにしない。春の日差しを浴びながら、揚羽蝶は槍鞘の上でゆったりと羽を休めている。

又兵衛はくしゃみが出そうになったが、なぜかしら我慢した。

十

桜が散り始めていた。

柏木精三郎は家老の土屋左太夫に呼ばれて、御用部屋へ向かう途中の広縁で中庭に咲く桜が散る様を見た。ふと、『古今集』の和歌を思い出した。

空蟬《うつせみ》の世にも似たるか花桜《はなざくら》　咲くと見しまにかつ散りにけり

はかないこの世にも似て、桜の花は咲いたかと思う間もなく散っていく、という歌だ。今年の桜はひときわ見事だっただけに、散り行く様が悲しいが、桜の美しさは散ることにあるのかもしれぬな、などと精三郎は思った。そんな感慨にふけるのは、十六年ぶりに帰国した養父、靭負《ゆきえ》のことを近頃、よく考えるからだ。

靭負は政争に敗れて、国許を出た。言うなれば、そのおりに散った桜であったように思う。しかし、国を出た靭負は茶人として名をなして故郷へ帰ってきた。

武士であるからには、茶人として名声を得たからといって、さほど賞賛に値するわけではない。それでも、いったん散ったかに見えた靭負がしぶとく生き抜いたのも事実だ。そして帰国した靭負は山月庵を構えて、亡くなった妻である藤尾《ふじお》の死の真相を探り出そうとしているようだ。

(藤尾様の自害のわけを知ったところで何になるというのだろう)

精三郎には空しいことにしか思えない。藤尾に何事があったとしても、それは暴き立てるべきことではない。そっとしておくことが藤尾への思い遣りというものではないだろうか。広縁に立ち止った精三郎は桜の花吹雪《はなふぶき》を眺めつつ、思わず、

「父上は藤尾様を信じて菩提《ぼだい》を弔《とむら》われればよいものを」

とつぶやいていた。桜の花びらが散るのを見るように、ひとの死はただ、悼《いた》む思いで見つめるしかない。精三郎はそう思いながら、ゆっくりと足を踏み出して左太夫の御用部屋へ向かった。

御用部屋の前の廊下で精三郎が跪《ひざまず》いて声をかけると、左太夫が幾分、焦ったような声で、入れ、と応じた。

精三郎は部屋に入り、膝行《しっこう》して左太夫の前に進んだ。左太夫はじろりと精三郎を睨んで、

「靭負がかつて江戸屋敷老女であった浮島《うきしま》に会ったというのはまことか」

といきなり訊いた。精三郎は落ち着いて答えた。

「篠沢民部《しのざわみんぶ》様の奥方、波津《はつ》様とそれがしの家内の千佳《ちか》が浮島様とともに山月庵に招かれ、雛の茶会をしたと聞いております」

「ただの茶会でないことは、そなたも存じておろう。靭負はどうやら亡き妻が自害い

たした謂《いわ》れを知ろうとしているようだ」

左太夫は眉間《みけん》にしわを寄せて言った。精三郎はさりげなく微笑した。

「さようなことまでお耳に入っておられますか。父は年を取りましたためか、昔のことが気になるようでございます。言わば隠居いたしての仏いじりのようなものかと存じます」

「ふむ、ただの仏いじりなら、わしもうるさくは言わん。だが、浮島に会ったということは、丹波承安《たんばしようあん》様に探りを入れようとの腹ではないのか」

精三郎をうかがうように見ながら左太夫は訊いた。

「丹波様？　さような話は聞いておりませんが」

精三郎は首をかしげて見せた。

「ほう、そうか。しかし、浮島の身辺警護をいたしておった者たちが、外出先を問うたところ浮島とともにおった、そなたの岳父、白根又兵衛が槍を突き付けて追い払ったそうだ。まことに怪《け》しからん仕儀ではないか」

左太夫は憤懣《ふんまん》やるかたない様子で言った。

「それは存じませなんだ。身辺警護の方々に失礼があったのならば、それがし白根様に代わり、お詫び申し上げます」

精三郎はわずかに頭を下げて見せた。左太夫は声を低めて言った。

「浮島を警護していた者たちは、わしの命によると申したそうだが、丹波様の手の者であることを白根が察しないはずはない。それなのに槍で脅すとはどういうことだ。すでに隠居されたとは言っても、丹波様の力は今もあなどれぬ。お怒りになれば、家中に波風が立つことはわかっておるはずだ」

左太夫の苛立たしげな言葉を聞いて精三郎は苦笑した。

「白根様のことであれば、直《じか》に問いただされればよろしいかと存じます。それがしはあずかり知らぬことでございますゆえ」

左太夫は、ちょっと目を見開いてから皮肉な笑みを浮かべた。

「妙なものだな。そなたは養子のはずだが、段々と靭負に似て参ったようだ。いまの物言いなど執政会議でわしに抗《あらご》うたおりの、靭負そのままだな」

「父に似て参ったのであれば、たとえ養子であれ、子としては嬉しゅうございます」

「それは父同様、わしに抗うという意味合いで言うておるのか」

左太夫はつめたい視線を精三郎に向けた。

「滅相もないことでございます。それがしは土屋様に従って参る所存にございます。決してお疑いくださいますな」

きっぱりとした精三郎の口ぶりに、左太夫は頬をゆるめた。

「口は重宝だな。何とでも言える。しかし、武士に二言はないはず。柏木精三郎の一言を信じておこう」

「恐れ入ります」

精三郎は手をつかえて頭を下げた。左太夫は精三郎の頭を見据えて言葉を継いだ。

「丹波様に手を出すことは、わしが許さぬ。このこと、そなたから靭負に直に伝えい。もし、靭負に不穏な振舞いがあれば、そなたも同罪と見なすぞ」

左太夫は底響きする声で告げた。日ごろ、懐《ふところ》の深さを見せることもある左太夫だったが、靭負の件では容赦するつもりがないようだ、と精三郎は思った。

先ほど見た散り行く桜の花びらが脳裏に浮かんでいた。


精三郎は翌日、千佳とともに山月庵を訪れた。又兵衛にも山月庵に赴いてくれるよう、千佳を通じて頼んでいた。山月庵に着くと卯之助《うのすけ》が出迎えた。すでに又兵衛は着いており、茶室で靭負と話しているという。

精三郎は初めて訪れた山月庵の造作に好奇の目を向けながら茶室に入った。見ると床の間の花入れに桜の一枝が活けてある。床の間には散った桜の花びらが四、五枚、落ちていた。精三郎たちが入ってきたのを見て、又兵衛が声をあげた。

「ちょうどよいところに来た。精三郎殿にうかがいたいことがある」

なんでございましょうか、と言いながら精三郎は、靭負と又兵衛に相対する形で座った。

「その花びらを見てもらおうか。先ほど靭負が桜の枝を花入れに活けた。すると花びらが落ちたゆえ、わしが落ちたぞ、と注意してやった。ところが、この男はそれも風情だなどと言いおるのだ。武門は首が落ちるのを厭《いと》うゆえ、散った花びらなどを珍重はせぬ。柏木靭負も茶人に馴染《なじ》んで、すっかり武士の性根を失《うしの》うたぞ」

又兵衛は慨嘆《がいたん》するように言った。靭負は苦笑して精三郎に顔を向けた。

「だからそれは、千利休様の故事を話したのだ。利休様が若いころ梅を花入れに活けられた。そのおり蕾《つぼみ》が四、五輪落ちたのをそのままにしておられた。上手に活けるよりも、自然のままの方が趣きがある、という話をしただけのことなのだがな」

精三郎は、なるほどとうなずいてから、自らは答えず、振り向いて、

「そなたはどう思う」

と、千佳に訊ねた。すると又兵衛が、

「千佳に聞くとは、ずるいのう」

とため息まじりにつぶやいた。千佳は構わずに、

「ここは茶室でございますから、何に風情を見出すかは主人まかせかと思います。白根の父はいつもかように、ひと様の趣向に文句をつけて快《よ》しとするところがあるようでございます」

と娘らしく実父に遠慮のない口を利いた。靭負が、頑固な又兵衛も千佳殿にあっては形無しだな、と笑った。そして一服進ぜようと言って釜に向かい、精三郎のための茶を点て始めた。靭負は清雅な面持ちで所作をしながら、精三郎に、

「今日、参ったのは左太夫に何ぞ言われてのことであろうな」

と訊ねた。精三郎は軽く頭を下げて、お察しの通りでございます、と答えた。又兵衛が脇から口をはさんだ。

「おおかた、靭負が浮島殿と会ったことについてだろう。さしずめ丹波承安様にはかかわるなとでも言うたか」

精三郎は、ははっと笑った。

「おふたりにはかないませぬな。おっしゃる通りでございます。これでは、それがしが申し上げることが無くなりました」

靭負は黒楽茶碗を精三郎の膝前に置きながら、頭をゆるやかに横に振った。

「いや、それだけではあるまい。左太夫は、わたしが丹波様に手を伸ばすようなことがあれば、そなたも咎めを受けると言ったはずだ。あの男の詰めは決して甘くはないゆえな」

靭負の言葉を眉ひとつ動かさずに聞いて精三郎は茶碗に手を伸ばして悠然《ゆうぜん》と喫した。所作に乱れはない。千佳はそんな精三郎を傍らからそっと見つめた。

茶碗を置いた精三郎は、靭負の問いには答えず、

「さて、父上にはいかようにされるおつもりでございますか。それがしにも心づもりがありますればお聞かせいただきとう存じます。まさか、この山月庵に丹波様をお呼びするわけにも参りますまい」

と訊いた。靭負は首をかしげて、少し考えてから口を開いた。

「呼んでも来ぬ相手なら、こちらから出向くしかあるまい」

「なんと、丹波様を訪ねられるおつもりですか」

精三郎は息を呑んだ。長年、藩政の黒幕と目されてきた丹波承安は会おうと思ってもたやすく会える相手ではなかった。だが靭負は平然として言い添えた。

「すでに又兵衛を通じて丹波様にお訪ねしたい旨をお伝えした。お許しが出て三日後にはお訪ねいたすことになっておる」

「さて、それは——」

精三郎は言葉を途切れさせて又兵衛に目を転じた。

十六年ぶりに帰国した靭負が会いたいと申し入れても承安は応じなかったはずだ。しかし、奥祐筆頭《おくゆうひつがしら》で藩内でも人望がある又兵衛を通じてであれば、無下に断るわけにもいかなかったのだろう。

困ったことをしてくれた、という目で精三郎から見つめられて、又兵衛はにんまりと笑った。

「わしからお頼みしたところ、丹波様からはふたつ返事でお許しが出たぞ。案ずるより産むがやすしだな」

「さようでございますか」

精三郎はあきれたという顔をしながら、

「しかし、丹波様はすでに十年前から隠居の身、嫡男の正之進様が家督をとられております。いまさら昔のことを訊かれても、満足な答えはされぬように思いますが」

と付け加えた。靭負はもう一服点てようと、茶筅《ちゃせん》を持った手を止めた。

「ほう、承安様は十年前に隠退されたのか。まだまだ家督を譲られぬ方のような気がしていたが」

訝しげに靭負が訊くと、精三郎と又兵衛は顔を見合わせた。やがて又兵衛があごをなでながら言った。

「そうか、靭負は丹波家の事情を知らなかったのか」

「何も聞いておらぬ。何があったのだ」

靭負は目を鋭くして訊いた。正之進とは何度か顔を合わせたことがあり、折り目正しい若者だと靭負も好感を持っていた。

又兵衛は吐息をもらしてから声を低めて話した。

「正之進殿は、承安様に似ぬ篤実《とくじつ》な人柄で若いながらも人望があったことはお主も知っておるだろう。ところが十六年前、すなわちお主が国を出てから、承安様との間がひどく悪くなったのだ」

「ほう、そんなことが」

靭負は興味深げに又兵衛の顔を見た。

「何が気に食わなかったのか、承安様が激怒され廃嫡《はいちゃく》するとまで言い出されたそうだ。親戚が間に入って形ばかりは収まったが、仲の悪さは続いて正之進殿は四年前から江戸藩邸の側用人《そばようにん》を務めておる」

「それは珍しいな。丹波家の当主はご一門衆ゆえ、お役目につくのは、まれなことだが」

靭負は首をひねってから、あっと声をもらした。

訝しげな顔をした又兵衛に向かって、

「そういえば、二年前に江戸の上野《うえの》寛永寺《かんえいじ》で野点《のだて》の茶会をいたしたさい、正之進殿らしきひとを見かけたことがある。わたしは点前をいたしておったゆえ、声をかけるわけにもいかなかった。正之進殿は遠くから頭を下げただけで帰っていかれた」

靭負はそのときのことを思い出しながら自らのために点てた茶を喫した。又兵衛はこともなげに応じた。

「ふむ、お主に、なんぞ話したいことでもあったのかもしれぬな。いずれにしても正之進殿は間もなく参勤交代のお供で帰国するはずだ。そのときに会えばよいが、それについて、気になることがある」

「藤尾のこととの関わりであろう」

靭負は厳しい表情で目を鋭くした。又兵衛はにやりとした。

「さすがだな。先日の浮島殿の話では、藤尾殿は承安様より、屋敷での茶会に招かれたとのことであった。困っておった藤尾殿のためにとりなして、ひとまず事を収めたのが正之進殿であったというではないか」

「そのことで承安様が正之進殿に立腹されたというのか」

　靭負は眉を曇らせた。

「父子の間のことゆえ、そこまではわからぬ。しかし、藤尾殿が亡くなられてから父子の仲が悪くなったのだ、何か関わりがあると、わしは思うぞ。しかも正之進殿は丹波家の当主の身でありながら、いまもって妻を迎えようとされぬのだ」

「まさか、さようなことをよく承安様が許したな」

　正之進がいまも独り身だという話に靭負は表情を曇らせた。

　嫡男であれば、妻を迎えぬわけにはいかない。それなのに正之進が我を押し通しているとすれば、それだけでも父子の確執のもとになりそうだった。

「それが承安様との諍《いさか》いのもとになったのであろうか」

　靭負は信じられないというように頭を振った。

「もともと、承安様と正之進殿の親子仲はよくなかったというぞ。なにせ、承安様は権勢を好み、策謀を楽しみとされておった。それに比べて正之進殿は真面目一方であったゆえ、そりが合わなかっただろうからな」

　又兵衛は平然として言ってのけた。靭負は顔をしかめて、

「ならば、なおのこと承安様をお訪ねせねばならぬな」

と独《ひと》り言《ご》ちた。すると、精三郎が膝を進めて、

「父上、さようならば、丹波屋敷に赴かれるおりには千佳にお供させていただけませぬか」

と言って頭を下げた。

「千佳殿に――」

靭負は首をかしげた。千佳も精三郎が前触れもなく言い出したことに驚いた。

「なぜ、さようなことをせねばならぬのだ。わけを申せ」

又兵衛が大きな声を出すと、精三郎は淡々と話した。

「お察しの通り、それがしは土屋ご家老から、父上が丹波様と関わらぬよう釘を刺されております。丹波屋敷に父上が参られるのであれば、せめて千佳にお供をさせ、いかなるお話をされたかをご家老に報告いたさねばなるまいと存じます。武士であれば女人を供にいたすはためらわれるかもしれませんが、幸い父上は茶人でござれば、弟子のひとりでもある千佳を伴って、丹波様を訪問されるのは風雅なことかと思います」

又兵衛が何か言おうとするのを手で制した靭負は、

「それは無理からぬことだな」

と答えて、千佳に顔を向けた。

「千佳殿、精三郎の申すことももっともゆえ、供をしてもらおうか」

千佳はすぐさま答えた。

「はい、お供させていただきます」

又兵衛が苦い顔をして感心しないという風に頭を振った。

丹波屋敷は城下から少し離れた黒門岳《こくもんだけ》の麓《ふもと》にある。屋敷のまわりには開花時期が遅い山桜が多いと聞いていた。

はなやかな山桜に囲まれた屋敷を靭負とともに訪れるのだ、と千佳は胸が弾《はず》む思いがした。

十一

三日後――

靭負は千佳と卯之助を供にして丹波屋敷を訪れた。茶人らしく靭負は宗匠頭巾《ずきん》に黒い羽織の姿だった。

田畑に囲まれた道を過ぎ、木立《こだち》の間を抜ける坂道をあがっていくと門構えも立派な丹波屋敷が見えた。

藩政の黒幕と言われる承安が住むだけに、どこか翳りや秘密めいたものがある屋敷を千佳は思い描いていた。しかし、実際に訪れてみると、戦国の世からの豪族の屋敷めいて無骨な構えだが、世俗に染まらない清らかさも感じられるのが千佳には思いがけなかった。

屋敷のまわりから山腹にかけては山桜が春霞《はるがすみ》のように連なっている。敷地内にも桜を植えており、土塀の向こうでは緋色《ひいろ》の花が青空に映えていた。

卯之助が訪いを告げると、家士があわただしく出てきて、

「旦那様は茶室でお待ちでございます」

とさっそく靭負たちを案内した。その様子には家中の名門であることを押し付ける傲慢《ごうまん》さは微塵《みじん》も感じられなかった。

靭負たちが連れて行かれた茶室は中庭の奥に造られた池の畔《ほとり》にあった。池には藻が繁茂しており、水面は濃い緑だった。

丹波屋敷の茶室は、青々とした山に囲まれていることからなのか、

——青山亭《せいざんてい》

と名づけられていた。

入母屋造茅葺屋根で軒《のき》が深く葺《ふ》き下ろされて陽射しを遮《さえぎ》っていた。にじり口の正面に床があり、窓は客座側とにじり口側に下地窓、さらに突上《つきあげ》窓がある。

靭負たちがにじり口から入ると、すでに承安が点前座に座っていた。

茶室の内部は四畳半と三畳が続いており、板敷に薄縁《うすべり》を敷いた相伴席があった。網《あ》代《じろ》の平天井は低く、それだけに薄暗い茶室だが、障子を通して畳にほのかに陽射しが届いて幽玄《ゆうげん》な趣きもあった。

釜の湯がすでにしゅんしゅんと沸いているのは、靭負があらかじめ告げて置いた訪問の時刻に合わせたのだろう。

承安は白髪で小柄だった。頬がこけ、痩せている承安を見て靭負は眉をひそめた。十六年前の承安は藩政に首を突っ込むのが何より好きな策謀家で脂《あぶら》ぎった印象があった。しかし、いま眼前で茶を点てようとしているのは、商家の隠居でもあるかのようなおとなしげな人物だ。

(随分と変わられた)

靭負は胸の中でつぶやきながら、手をつかえて久闊を叙し、合わせて精三郎の妻千佳を伴ったことを詫びた。

「近頃、嫁に茶を教えております。せっかく丹波様をお訪ねするからには青山亭もお見せいただければと思い、同道いたしてございます」

承安はちらりと千佳を見て、狷介《けんかい》な表情に薄い笑いを浮かべた。

「そなた、茶人になったということだが、まことのようだな。昔の柏木靭負ならば、他家を訪問するのに女人を伴うなどの非礼はしなかったはずだ」

承安の言葉遣いに棘《とげ》があるのは昔と変わっていない、そのことが却《かえ》って靭負を安堵《あんど》させた。

「もはや武士ではございませぬ。言わば世捨て人に等しき身の上でございますれば、なにとぞご容赦くださいませ」

靭負はそう言って頭を上げると床の間を見た。

床柱に竹筒の花入れがかけられているが、花は活けられていなかった。地味な色合いだけの茶室は寂寥《せきりょう》感を漂わせ、もの悲しさを覚えさせた。

靭負が花入れに目をとめたのに気付いたらしく、承安がぽつりとつぶやいた。

「茶室にひとを招いても花を活けなくなって、随分になるな」

「花はお嫌いでございますか」

靭負が言うと、承安は茶を点てる所作の手をふととめて、

「嫌いだな」

と言った。

その声は冷え冷えとして、物寂しい茶室に似合うかのようだった。

靭負はそれ以上は言わず、床の間の掛け軸を見た。禅宗の偈《げ》らしき文字が書いてある。

扁舟《とまぶね》雨を聴いて蘆荻《ろてき》の間に漂う
天も し吹き霽《は》らさばあわせて青山《せいざん》を看《み》るべし

「承安様、この書は――」

「ふむ、この茶室を建てた後、さるひとから頂戴したのだ。山の麓の茶室にふさわしいからと京の公家に頼んで書いてもらったそうな」

「さようでございますか」

「京の大徳寺《だいとくじ》百十一世住職の春屋宗園《しゅんおくそうえん》様が作庭で知られる小堀遠州殿に与えた偈だということだ」

小舟が雨の降る中、蘆《よし》や荻《おぎ》の間を漂っている、もし、天が風によって闇を吹き払ってくれたなら、青山が見えるであろうよ、という意味だろう。

青山には骨を埋める墳墓《ふんぼ》の地という意味もあるから、禅僧の偈だとすれば、ひとり孤独に求道の道を迷いつつ彷徨《さまよ》いながらも、やがて悟りの境地にいたるということなのかもしれない。

「なにやら、身に染む思いがいたします」

「そうだろうな。久しぶりに国に戻ったそなたは、小舟のように闇の中を彷徨うておる。もし、風が吹いて、目の前が晴れても、そなたが目にするのはおのれを埋葬する墳墓の地に過ぎんのではないか」

承安は目を光らせて言った。靭負はさりげなく、

「これは、また、手厳しい仰せでございます。承安様はわたしのことをよくご存じのようでございますな」

「わしだけではない。家老の土屋左太夫もそなたから監視の目を離してはおらぬはずだ。きょう、そなたが嫁を伴って参ったのも、そのためだろう。わしとどのような話をしたか、そなたの養子の精三郎が土屋に報《しら》せるために違いあるまい」

承安から射るような視線を浴びせられて千佳は身がすくむ思いだった。同時に山桜に囲まれた風雅な茶室を訪ねたという気持ちは消し飛んだ。この茶室は今なお生臭い政争の場なのだ。千佳は手をつかえて頭を下げた。

「お許しくださいませ。お目障《めざわ》りでございましたら、ただちに下がらせていただきます」

承安は千佳の言葉を蚊が刺したほどにも感じない様子で、

「案じるな。ひとがおった方がわしも痛くもない腹を探られずにすむのだ」

と言った。千佳は目を伏せるばかりだった。

承安は寂《さ》びた点前で靭負に茶を出した。

靭負は自然な仕草で茶碗をとり、一服を喫した。茶を楽しむ以外に何の邪念もないことが所作からもうかがえた。

承安は靭負に顔を向けず、釜を見ていたが、

「やはり、変わったな」

とつぶやいた。靭負は微笑した。

「もはや、昔の柏木靭負はおらぬとお思いください」

「ならば、なぜ妻女が亡くなったことにいまもこだわるのだ」

承安はちらりと靭負を見た。靭負がなぜ訪ねてきたか知っているのだ。靭負は飾らぬ口調で答えた。

「亡き妻、藤尾のことは、たとえ武士を捨てようとも、捨てられぬのだと悟ったからでございます」

「いまさらだな」

承安は素っ気なく言った。

「さよう、いまさらにございます。しかし、このことを知らねば、あの世へ参りしおりに藤尾に会うことができませぬ」

靭負がきっぱり言うと、承安はせせら笑った。

「さほどまで女子に執心いたすとはな。ひとはわからぬものだ」

「丹波様には藤尾についてご存じのことがおありのはずでござる」

言い逃れを許さぬ口ぶりで靭負は訊いた。

「そうさな、土屋の別邸で奥女中の浮島を招いての茶会があったおりに顔を合わせたことがあったたな。あの美しい女子が柏木靭負の妻女かと驚いたぞ」

「それだけではなかったはずですな」

承安はにやりと笑った。

「浮島から聞いたようだな。なるほど、わしはそのおり、そなたの妻女にわしの屋敷へ参るように言った。この茶室に招いてやろうと思ったのだ」

「それで、藤尾は参りましたか」

靭負がなおも訊くと、承安は笑いを浮かべて答えた。

「いや、そのおりは正之進がいろいろと申して邪魔したゆえ、呼ぶことができなかった。惜しいことをいたした」

「まことでございますか」

疑うように靭負は承安を見据えた。承安は目をそらした。

「そのおりは、と申したぞ。ひと月ほどたってから、家老の駒井石見《いわみ》殿がわが屋敷を訪れられた。そのおりの茶会にそなたの妻女を招いたのだ」

「駒井様は病重く、とても外出などは無理だったはずではございませんか」

靭負は驚いて目を瞠った。

「そのころ、少し体の具合がよかったらしい。駕籠《かご》を仕立てて、わが屋敷を訪問された。土屋左太夫と駒井殿の家士溝渕半四郎《みぞぶちはんしろう》が介添えいたしておったな」

「信じられませぬ。さようなことが、わたしが江戸に行っておる間にあったのでございますか」

靭負はため息をついた。承安は昔を思い出す目になった。

「すべては極秘のうちに行われたからな。駒井殿は何やら土屋と外聞《がいぶん》を憚《はばか》る談合をされるつもりのようであったから、わしは世間の目をくらますために女人も客にしようと思った。浮島にも声をかけようとしたが、すでに江戸へ発っておった。そこで、そなたの妻女に白羽《しらは》の矢を立てたというわけだ。家老の駒井殿と土屋がわが屋敷で何を話すのか。妻女としても気になったはずだ。夫たるそなたに報せたいと思えば、断れなかろう」

「なるほど、さようでございましたか」

「もちろん、わしには好色な下心があった」

承安は抜けぬけと言った。靭負はむっつりとして表情を変えない。

「なにせ、駒井殿は泊まりがけにて夜咄《よばなし》の茶会といたしたいと言われたのでな。当然、そなたの妻女も屋敷に泊まることになる。さすればよいことがあるかも知れぬとわしは思うた」

承安は暗い視線で靭負と千佳を見まわした。靭負は動じない様子で口を開いた。

「と、仰せになるからには、丹波様はわたしの妻に何もなされなかったということでございますな」

「わしは酔いつぶれて、早々に寝てしもうたのだ。それまでは、正之進がおって、わしを見張っておったゆえ、手も足も出なんだ。正之進はわしがそなたの妻女を茶会に呼ぶことにさんざんに異を唱《とな》えおった。それでもわしが押し切ると、しっかり妻女を守ったというわけだ」

くっくっと承安は笑った。話を聞いていて、千佳は気分が悪くなってきた。仮にも同じ家中の人妻に対して、邪《よこしま》な気持ちを抱いたことを、少しも恥じようとしないのはどういうことなのだろう。

千佳はおぞましい思いで承安を眺めた。しかし、さほど憎む気が湧いてこないのは、承安の老いさらばえた様子を目《ま》の当たりにしているからだ。落ちくぼんだ暗い目、筋が浮き立つ痩せ細った腕を見ていると、

(女人の話は生きることへの執着が言わせているのではないだろうか)

そう思うと、承安の下卑《げび》た言い方が哀れにさえ思えてきた。その思いは靭負も同じだったらしく、

「わたしは変わりましたが、丹波様はお年を召されましたなあ」

と大きく息を吐いて言った。

「ほう、随分と見下げた言いようだな。しかし、わが屋敷に駒井殿が見えられて、どのような密談がされたか、知りたくはないのか」

承安は皮肉な目で靭負を見た。

「それは是非ともうかがいとうござる」

靭負は膝を乗り出した。承安はふふっと笑って首を振った。

「それがな、実はわしもよくは知らんのだ」

承安はうめくように言った。

「まさか、さようなことは信じられませんぞ」

語気を荒らげて靭負は承安を見据えた。

「そう思うであろうな。しかし、あの晩、この屋敷で何があったのか、わしはいまだによくわかっておらぬ」

承安は目を閉じて話し始めた。

十二

夜咄の茶会とは、夜っぴて語り合い、茶を喫するそうな。

青山亭は障子を開け放てば山上に月がのぞめ、池にも白い月が揺曳《ようえい》する。夜ならではの風情がある。駒井殿も喜ばれるであろう、と思った。

だが、訪ねて見えた駒井殿を見たとき、わしは息を吞んだ。骨と皮ばかりのようにやせ衰え、肌の色もどす黒かった。それでも眼光だけは炯々《けいけい》と鋭かった。おそらく、間もない自らの死期を悟られ、覚悟を定めるとともに、やり残したことへの執念を燃やしておられたのではないか。

茶席は駒井殿を正客に土屋と正之進、そなたの妻女が相客として並んだ。

夜咄は、炉の季節の冬至《とうじ》から立春《りっしゅん》までの間、夕暮れ時から行われる茶事じゃそうな。してみると、あれは冬のことだったのだな。

駒井殿は茶事に堪能でさようにわしに教えてくれた。

日没前に露地入りし、中立《なかだち》になって灯《ひ》を点《とも》すそうだが、あの日は暮六ツ時（午後五時頃）から始めた。露地の灯籠《とうろう》に火を灯し、手燭《てしょく》で足元を照らしながら駒井殿たちは茶室に入った。

すでに日が落ちて薄暗い中、手燭の灯が揺れる様は、なるほど風情があったな。茶室には座敷行燈《あんどん》を置いたが、点前や茶碗拝見のときは手燭で照らした。

夜咄の茶会は暗いゆえ、掛物は大きな字の墨跡《ぼくせき》、花は白い花がよいとされておるそうな。駒井殿が持参してこられたのが、いまも床に掛けておるところの、扁舟《とまぶね》雨を聴いて蘆荻《ろてき》の間に漂う、という書であった。

駒井殿は床に掛けた後、しばらく見つめて、

「天も し吹き霽《は》らさばあわせて青山を看るべし」

と何度かつぶやかれたことを覚えておる。駒井殿なりの思いが込められておったのであろうな。

それにしても夜咄の茶会では男たちも、昼間見るより、幽玄な所作に見えたが、中でもそなたの妻女は妖《あや》しくあでやかで茶碗を持つ白い指先は光がまといつくかのようだった。とてもこの世のものとは思えなかったぞ。

わしはさようなことに目を奪われておったが、駒井殿はふと、

「夜咄は茶事のうちでも最も難しいとされ申す。千利休の孫である宗旦《そうたん》は、茶の湯は夜咄にてあがり申す、と教えたそうですな」

と話した。

おそらくさようなものなのだろうな。だが、わしには駒井殿が言外の意味を土屋と正之進に伝え、それが風によって吹き払われ、青山が見えることを願っていたのではあるまいかと思える。その青山が青々とした山なのか、はたまた墳墓の地なのか、それは知るよしもなかったがな。

駒井殿は懐石の膳にもほとんど箸をつけられず、土屋にふた言、三言、囁いておられた。それを聞いた。小声ゆえ、わしの耳には届かなんだが、土屋はひどく真剣な顔

をして聞いておったが、

「ならば、よほど腹をくくらねばなりませんな」

と押し殺したような声で言うのが聞こえてきた。駒井殿はやむを得ぬ、というようにうなずいておられた。

わしはふたりが何を話しているのだろうと思った。そのときになって、駒井殿は土屋を後継者に望み、後ろ盾になっているのだ、とわかった。

それは意外なことだった。

そなたも感じておっただろうが、駒井殿はそなたの才気を認め、次の家老にと考えていたのは、たしかなことだ。それがなぜ、ここに来て心変わりしたのか、わしには皆目《かいもく》、わからなかった。

わしは、なおもふたりが交わす言葉を聞きのがすまい、としておった。そのとき正之進が銚子を手に傍らに来て、

「父上、一献、お過ごしください」

と勧めた。わしは、この夜、駒井殿の話に耳をそばだてながらも、目はそなたの妻女を追っていた。

正之進はそんなわしを見かねたのだろう。わしは正之進に注がれるまま、杯を重ね

た。やがて茶事が始まったが、行燈と手燭の灯りだけで、茶室の中はぼんやりとしか見えなかった。

わしが酔っているから、と正之進が亭主役を務めて茶を点てた。わしは茶室に続く板敷の待合席で休んで茶事を眺めておった。

息子自慢をするようだが、年齢にしてはなかなかの所作だったのではあるまいかな。それに、このことも言うて置こう。怒るまいぞ。そなたの妻女も真剣な眼差しで正之進の点前を見つめておったのだ。

正之進とそなたの妻女が出会《でお》うたのは、浮島を迎えての茶会でのことだった。わしが妻女を屋敷に呼ぼうとしたのを正之進が止めたのが縁となったわけだ。

考えてみれば、ふたりは年頃から言っても、似合いの男女だった。

薄暗い茶室の中で若いふたりだけが白く浮き出るように輝いておった。わしはふたりの間に何事か黙契《もっけい》のごときものがあるのではないか、という気がした。

それが男女の間のことなのか、あるいは別のものなのかはわからぬ。しかし、茶を点て、やがて土屋に続いて妻女が茶を喫したとき、わしにはふたりの間に何事かが結ばれたように思えた。

なによりも、妻女がわしの屋敷での夜咄の茶会に出てきたのは、正之進を信じてのことだったに違いない。妻女が正之進を見る目には信頼する気持ちがあった。駒井殿は茶を喫した後、懐から、書付を取り出して正之進に手渡した。正之進は黙って書付を読み、土屋に渡した。

ふたりとも書付の内容はすでに駒井殿から聞かされていたのではあるまいか。書付を目にして読むのは言わば儀式のようなものだったのではなかろうか。

何の書付であろう、わしにも見せよと言おうと思いつつ、酒の酔いがまわったわしは、陶然となるうちに寝てしもうた。いまになって思えば、あの酒には眠り薬が仕込んであった気がする。

駒井殿は土屋と談合し、さらに丹波家の当主といずれはなる正之進の了解を得たい話があったのだ。しかも、それをわしには聞かせたくなかったのであろう。

それは土屋も同じことだったろう。長年、藩政に首を突っ込み、対立する派閥を操っては、執政の座につくものを選び出すという遊びをわしはしてきた。それゆえ、誰もわしを信じなくなっていたのかもしれぬ。

駒井殿はわしが藩政に口を出すことを封じるために剛直なそなたを自らの後継にと考えておったのかもしれぬ。

いまにして思えば得心のいかぬことではない。

そなたも聞いておろうが、わしと正之進の仲はよくない。会えば父子喧嘩ばかりだ。なぜ、このようなことになったかと言えば、おそらくわしに非があるのだ。そなたの妻女は正之進を信じておった。しかし、わしを信じはしなかったろう。それと同じことだ。

翌朝、ようやく空が白み始めたころであったろうか。わしは寝所で目を覚ました。頭痛がした。

わしは起き出して廊下を通り、茶室へと行ってみた。なぜ、そうしたのかはわからぬ。ひょっとしたら、そなたの妻女の寝所へ行こうとしたのかもしれぬ。

だが、足はなぜか茶室へと向かっていた。ようやく日が上がったのか、雨戸をたていなかった茶室の障子を通してほのかな明かりが射しておった。

わしは目を瞠った。

なぜなら茶室の畳の上に男が血を流して倒れておったからだ。ひとを呼ぼうとしても声が出なかった。

男の傍らに寄って顔をあらためた。前日、駒井殿の供をしてきた家士の溝渕半四郎だった。どうやら、胸を脇差《わきざし》でえぐられているようだった。そして傍らには花入れに使っていた瓢《ひさご》が断ち割られて転がっていた。

半四郎がなぜ、死んでいるのかわしにはまったくわからなかった。

家士を呼ぼうと立ち上がったとき、何かを踏んだ気がした。腰をかがめて拾ってみると千鳥《ちどり》の模様が彫り込まれた赤漆《あかうるし》の櫛《くし》だった。それは、前夜、そなたの妻女が髪に差していたのをわしは覚えていた。

夜咄の茶会がいつごろ、終わったのか、さだかではないが、その後、茶室に妻女と半四郎がいて、何事かがあったとしか思えなかった。

わしは恐ろしくなった。

何かわしの知らぬことが起きたのだ。


話し終えた承安は懐から櫛を取り出して、靭負の膝前に置いた。靭負は手に取ってゆっくりと千鳥の模様を見つめた。たしかに藤尾の櫛だった。

傍らの千佳も息を詰めて櫛を見つめている。まるで、亡くなった藤尾の生身の姿をそこに見るかのようだった。

「夜咄の茶会の後、何があったのか、正之進殿にはお聞きになりませんでしたか」

靭負が確かめるように聞くと、承安は苦笑した。

「あの夜以来、正之進とはまともに話しておらぬ。そなたの妻女が死んだのは、わしのせいだと正之進は思っているようだ」

「しかし、駒井様の家士の遺骸《いがい》が見つかったおりには、話されたでありましょう」

靭負は鋭く承安を見つめた。

「そのときには、正之進とそなたの妻女は屋敷にいなかったのだ」

「なんと――」

靭負は息を呑んだ。

「まさかとは思ったが、妻女の泊まった部屋をあらためさせたところ、すでにもぬけの殻《から》だった。家来どもの話では正之進が早暁《そうぎょう》に駕籠を仕立てさせ、妻女をのせて、正之進は騎馬にて付き添い、城下の屋敷へと送り届けていたのだ。この日は朝霧が出ておった。ひと目を避けるには都合がよかったであろうな」

承安は昔を思い出すように言った後、じろりと靭負を見た。

「これがどういうことかわかるか」

「さて――」

靭負は困惑の色を顔に浮かべた。

「わしは、夜中に溝渕半四郎が妻女を茶室に誘い出して襲い、乱暴しようとしたが、それに気づいた正之進が妻女を助けて、急いで城下へと送り届けたのではないのかと思った」

靭負は厳しい表情になった。

「さてそれはわからぬことでございましょう。わたしにはさように思えません」

「そうか。実はわしも違うような気がする」

承安は目をそらせた。靭負はなおも承安の顔を見据えて訊いた。

「では、死んだ家士の後始末はいかがされたのです」

「起き出してきた駒井殿と土屋に相談して処理をした。家士には身寄りがないということであったので、近くの寺の墓地へ埋葬した。駒井殿も土屋も家士が死んだことに驚かず、ただ、ひとに話が漏れることだけを恐れていたようじゃ」

「なるほど、駒井様たちは何事が起きたのかご存じだったということですな」

靭負は眉間にしわを寄せた。

「そうだな」

承安は大きなため息をついた。そして、がくりと肩を落とした。

「すでに駒井殿は亡くなられた。あの夜のことを知る者は土屋と正之進だけであろう。しかし、わしはさほど何があったのかを知りたいとも思わぬ」

「なぜにございますか。せっかくの茶室を死体にて汚されたのですぞ。御腹立ちでありましょう」

靭負が淡々と聞くと、承安は頭《かぶり》を振った。

「いや、わしは近頃、胃の腑がしきりに痛む。さわってみるとしこりがある。おそらく腫物ができておるようだ。もはや永くはあるまい」

「お気の弱いことを申されますな」

靭負はなだめるように言った。

「なに、ひとは誰もが死ぬ。当たり前のことだ。ただ、わしは青山亭にて茶を楽しみながら、ここが墳墓の地であることを悟りきれずにいたまでのことであろう」

承安はくっくっと笑った。

「わしは老いて、もはや散り行く身だ。残る花に何事か語り残したいと思うが言うべきほどのことも持たぬ」

寂しい限りじゃ、と承安は、つぶやいた。

承安の言葉を聞きながら、靭負は山中の白い朝霧の中を駕籠に揺られて城下へと急ぐ藤尾と、付き添う正之進の姿を思い浮かべていた。

それはあたかも若い男女の駆け落ちの姿のようにも思えた。

十三

夏になり、いつ止むともしれない雨が続いた。

千佳《ちか》は嫡男市太郎と娘の春が相次いで、夏風邪を引き、高熱を出したため、二十日余りを看病で過ごし、屋敷から出なかった。

春の熱が引き、ほっとした日は気づくと雨が止み、曇り空ながら、雲の間からわずかに青空がのぞいていた。

春に粥《かゆ》を食べさせた後、たまっている繕《つくろ》い物などをしなければ、と思っていると、非番で屋敷にいた精三郎が居間に来た。

「春はどうだ、もう熱は引いたようだが」

精三郎は千佳の前に座って訊《き》いた。笑顔で千佳は答えた。

「ようやく、元気が出てまいったようです。早く起きたいとわがままを申しますが、きょう一日は寝かしておくつもりでございます」

そうか、とうなずいた精三郎は遠慮がちに言った。

「近頃、父上のもとには行っておらぬようだな」

「はい、申し訳ございませぬ。市太郎が急に熱を出してから、おうかがいできずに、もうひと月以上になります」

千佳は目を伏せて答えた。子供たちの看病で山月庵に足が向かなかったのはたしかだが、それ以上に丹波承安《たんばしようあん》の屋敷で聞いた話への恐れがあった。

十六年前、承安の屋敷で当時の家老駒井石見《いわみ》の家士溝渕半四郎が不審な死をとげたという。御家の一門衆の屋敷で家老の家士が殺されたとすれば、藩の奥深いところで行われている暗闘の結果だろう。

まさか藤尾《ふじお》が殺《あや》めたなどということはないだろうが、半四郎の死と何らかの関わりがあるのかもしれない。靭負《ゆきえ》が探ろうとしている藤尾の死の真相にこれ以上近づけば、藩の秘事を知ることになるのではないか、という危惧《きぐ》を千佳は抱いていた。

承安の屋敷で聞いたことはすべて精三郎に話している。もし、秘事にさらに近づけば精三郎にも災いが及ぶに違いない。そんな気持ちが千佳に山月庵に赴くことをためらわせていた。

「そなたにも考えがあってのことだとは思うが、父上にお伝えしたいことがあるのだ。使いの者に手紙を持たせてもよいのだが、できればそなたの口からお伝えしたほうがよいと思う」

精三郎は思いつめた表情で言った。手紙にしたくないのは、もしものときに人の目にふれることを恐れてだろう。

千佳は首をかしげて訊いた。

「父上にお伝えしたいこととは何なのでございましょうか」

精三郎はあたりをうかがってから口を開いた。

「実は江戸藩邸の側用人を務めておられる丹波正之進殿が間もなく帰国されるのだ。もともとは今年の春に参勤交代のお供で戻られるはずだったが、御用の引き継ぎに手間取ったということだ」

「それで、ようやくのご帰国でございますか」

「そうだ。なにやら急いで国許へ戻らねばならぬ事情があるらしい」

精三郎は腕を組んでつぶやいた。

「まさか、父上と関わりがあるのでございましょうか」

「何とも言えぬな。しかし、先日の話を聞けば、父上は正之進殿が戻られれば会おうとされるだろう。それだけにお伝えしておいた方がよいと思ったのだ」

淡々と言う精三郎の表情はいつもと変わらないが、靭負が正之進に会うということは丹波屋敷で藤尾に何があったのかを知るためだ。

溝渕半四郎の死に藤尾が関わっているとすれば、靭負はその秘事も知ることになる。そのことも案じられるが、千佳にはもうひとつの懸念があった。

丹波屋敷で夜を過ごした翌朝、藤尾は正之進に付き添われて城下に戻ったという。藤尾に対しての正之進の気遣いや、優しさはただごとではないように思える。しかも正之進はいまなお妻帯をしていないらしい。亡き藤尾を思ってのことではないか、と千佳には思えた。

正之進は父親の承安とは違って、みだらな振舞《ふるま》いをする人柄とは思えない。しかし、藤尾への想いはあったのではないだろうか。

その心が藤尾に通じていたとしたら、ふたりの間に不義密通の事実はなくとも、胸のうち深くで結び合っていたことになる。だからこそ、靭負から厳しく問われても、藤尾は何も言わなかったのかもしれない。

そう考えると、千佳は藤尾のせつなさとともに、靭負の辛さが思い遣られた。

(もはや、藤尾様の想いを知ろうとされないほうがいいのではないだろうか)

正之進の帰国について靭負に報せることがよいのかどうか千佳にはわからなかった。思い余って、精三郎に、

「父上は丹波様にお会いにならない方がよいのではございますまいか」

と言った。精三郎は、ちょっと驚いた顔をしたが、しばらくして千佳の懸念を察したのか、深々とうなずいた。

「わたしもお会いにならぬのが一番、よいと思う。しかし、父上は必ず会おうとされるであろうし、あるいは正之進殿の帰国は父上に会うためかもしれぬ、だとすると備えをされたほうがよいだろう」

備え、という武張《ぶば》った言葉に千佳は異様なものを感じた。まるで、正之進の帰国が靭負にとって危険なことででもあるかのようだ。

「旦那様は、丹波様が父上に何か含むところがおありだと考えていらっしゃるのでしょうか」

精三郎は何かを知っているのではないか、と思って千佳は訊いた。精三郎は微笑してゆっくりと顔を横に振った。

「いや、わたしは何も知らぬ」

知らないとあっさり言ってのける精三郎の顔を千佳は見つめた。

他家の夫婦に比べても精三郎との夫婦仲は円満だと思うし、かわいいふたりの子にも恵まれ、千佳には何の不満もなかった。しかし、話していると、ときおり霞《かすみ》がかかったように精三郎の胸中が見えなくなるときがある。

精三郎は、いつも胸の内に秘めたことを語らないのだ。

それをもどかしく思って千佳はこれまでも過ごしてきた。いまも不意に精三郎との間に目に見えぬ幕のようなものが下りてきた気がする。

千佳はため息をついて言った。

「明日にでも山月庵に参ろうかと存じます」

それがいい、と言いながら精三郎はふと思いついたように言葉を添えた。

「わたしは昔、藩校で正之進殿と机を並べた。正之進殿は生《き》一本な方で、曲がったことが許せない人柄だ。それゆえ、藩のためにならぬ者と思えば容赦なく斬るだろう」

千佳は息を呑んだ。

「丹波様が父上を斬るとお思いなのでございますか」

いや、違う、と精三郎はきっぱり答えた。そして、ふと何かを思い出したようにして言った。

「かような時、駒井省吾《しょうご》殿がおられたらと思うのだがな」

「駒井省吾様とはどなたでございますか――」

「亡くなられた駒井石見様の嫡男だ。若いころから病弱で、家督を継ぐこともできなかったが、藩校ではわたしや正之進殿の友であった。省吾殿がおられれば、正之進殿の相談相手になられたことであろうな」

「駒井省吾様は、いまはどうされているのでございますか」

千佳は首をかしげて訊いた。

「弟の久右衛門《きゅうえもん》殿が家督を継ぐと、京に出て仏門に入られた。もはや、国許へ戻られるつもりはないかもしれぬ」

精三郎は懐かしげに話した。

千佳は黙って夫の話を聞いている。止んでいた雨が、また降り出したらしく、庭先から雨音が聞こえてきた。


翌日は朝から晴れ間がのぞいた。

千佳は春の世話を女中に頼んで、ひとりで出かけた。昨日のうちに城下の菓子屋から干菓子を買い求めて土産《みやげ》にしていた。そんな気遣いもしばらく足が遠のいたことの言い訳のようにも思えた。

久しぶりの雨上がりの晴天で、道筋の家屋や田畑の風景も瑞々《みずみず》しく感じられた。昼過ぎに山月庵に着くと、卯之助《うのすけ》が嬉しげに迎えた。

「千佳様にお出でいただいて、ようございました」

日ごろ、さほどに感情を見せない卯之助の喜びようだけに千佳は思わず、

「何かあったのですか」

と訊いた。卯之助は大仰《おおぎょう》にうなずいて、

「三日ほど前から、お坊様がおひとりお泊まりでございます。いつまでおられるのかわからず、気を揉んでおりました。千佳様から訊いていただきとうございます」

卯之助に言われて、千佳が庵の中をうかがうとひとの話し声がする。靭負と泊まっている僧侶が話しているのだろう。

千佳は卯之助にうなずいて見せると敷居を越え、土間に入った。

「千佳でございます」

声をかけると、話し声がぴたりと止んで、上がりなさい、と靭負が声をかけてきた。板敷に上がって進むと、靭負は茶室にいるらしい。

千佳は茶室の前で座り、失礼いたします、と言いながら襖《ふすま》を開けた。見ると、靭負は床の間に対して、座っている。

床の間の前では墨染《すみぞ》めの衣を着た僧侶が床の間に花を活けていた。後ろ姿で顔は見えないが、痩せて背筋がすっと伸びている。手に白い木槿《むくげ》を持ち、唐銅亀甲鶴首《からかねきっこうつるくび》の花入れに活けていた。

木槿は花弁が白く、花芯に近い部分が赤い、〈底紅《そこべに》〉で、千利休の孫の茶人宗旦が好んだことから宗旦木槿と呼ばれるものだった。

落ち着いた茶色ですっきりと鶴の首のように伸びた花入れに、白の花弁の内側に紅い色がほの見える宗旦木槿が映えていた。

花を活け終えた僧侶は振り向いた。色白のととのった顔立ちでやさしげな目をしている。靭負は、倅《せがれ》の嫁の千佳でござる、と僧に言ってから千佳に顔を向けた。

「明慶《みようけい》殿と言われる。三日ほどまえに雨の中を訪ねて参られた。お体の具合がよろしくないようなので、お泊まりいただいておる」

千佳は手をつかえ頭を下げた。

「千佳でございます」

明慶はやわらかな微笑を浮かべ、

「明慶でございます。柏木様には思いがけず、ご面倒をおかけいたしました」

と女人のような透き通った声で言った。

「いや、明慶殿は立花《りつか》の修行をされておる。花の話をうかごうて時を忘れることができました」

「それは、拙僧も同じこと、楽しく語らせていただきました」

明慶が答えると、靭負はうなずきながら、

「千佳はわたしのもとで、茶の稽古をいたしております。できますなら、明慶殿のお話を千佳にも聞かせてやりとうござるが」

と言った。それは、困ったことを言われます、と笑って明慶は頭に手をやった。それでもしばらくして、

「千佳様は拙僧が活けた花をどうご覧になられましたか」

と訊いた。千佳はどう答えたものか、と迷いながら遠慮がちに答えた。

「仏に捧げる〈手向けの枝〉かと存じました」

明慶が花入れに活けた一輪の木槿は、やや斜め後ろに向かっている。

仏の供養の際、後ろにある仏像や仏画に対して花を向ける活け方だ、と千佳は母親から聞いたことがあった。仏前に用いる場合を〈手向けの枝〉、神前では〈影向《ようごう》の枝〉というらしい。

「よくおわかりでございますな」

明慶はにこりとして話を続けた。

明慶の話では、室町幕府を開いた足利《あしかが》将軍家の下で同朋衆《どうぼうしゅう》と呼ばれたひとびとが部屋の飾り花を行った。同朋衆はそれぞれ阿弥《あみ》の号を名のり、書院の違い棚などに花瓶

や唐物の書画などを飾った。その中で小さな瓶に柳や竹を一枝入れた。これを、

――たてはな
と称した。これが立花の始まりではないかという。

〈応仁《おうにん》の乱〉の後、足利家の同朋衆に代わり、京の頂法寺《ちょうほうじ》の本坊である池坊《いけのぼう》の僧、十二世池坊専慶《せんけい》が〈たてはな〉の名手として知られるようになった。

池坊の僧侶は代々、六角堂《ろっかくどう》の本尊である如意《にょい》輪観音《りんかんのん》に供華《くげ》をしており、花を活ける技を磨いたのだ。二十八世の専応《せんおう》が『池坊専応口伝《くでん》』を書き残し、さらに後に専栄《せんえい》、専好《せんこう》など名人上手と呼ばれるひとが相次いで出て、立花を世に広めたという。

明慶もまた京の寺で修行する間に立花を学んだらしい。

「古来、立てるとは神や仏に祈りを捧げることだと言います。立花とは花を活け、祈りを捧げることにほかならないと存じます」

明慶に言われてみれば、床の間の宗旦木槿は何かへの祈りを表しているかのようにも見える。

千佳が宗旦木槿に目を遣ると、靭負が言葉を添えた。

「茶人は必ず、花を学ぶものだ。茶の湯の祖である村田珠光《むらたじゅこう》様は能阿弥《のうあみ》という方に花を教わったそうな。そして、花の事、座敷のよきほどに、かろかろとあるべし、と言

われた。軽やかにあることが、茶の花かもしれぬ」

明慶はうなずいて、靭負に顔を向けた。

「さようでございます。すべて放念いたし、軽やかに生きてこそ、茶も花も楽しめましょう」

靭負は苦笑した。

「明慶殿はかように言われて、わたしに藤尾のことを知ろうとするのは、やめた方がいいと言われるのだ」

茶と花の話だと思って聞いていた千佳は突然、靭負の口から藤尾の名が出て驚いた。明慶は藤尾の話をするために靭負を訪ねてきたのだろうか。

千佳がまじまじと見つめると、明慶は軽く頭を下げた。

「仏門に入り、明慶と名のるようになりましたが、俗世にある間は、元家老の駒井石見の息子にて省吾と申しました」

千佳はあっと息を呑んだ。

精三郎が話していた駒井省吾がいま、目の前にいるのだ。

十四

明慶が山月庵を訪ねてきたのは、三日前の昼下がりだった。

おりから、しのつく雨が降っていたが、明慶は笠もかぶらず、衣もずぶ濡れで訪ないを告げた。

雨の音にかき消されて明慶の声は聞こえず、卯之助が表にひとがいる気配を感じて戸を開けたのはだいぶ時がたってからのことだった。

明慶は雨の中を立ち尽くしており、顔色は蒼白になっていた。戸口の前にひとがいることに驚いた卯之助に、明慶は、

「柏木様にお会いしたいのですが」

とかすれた声で言った。あわてて庵に招じ入れたが、靭負が出てきても明慶は挨拶する力もなく、そのまま倒れ込んでしまった。

靭負は明慶の顔を見て、何事か思い当たったらしく、気を失った明慶を看病した。

翌日になって、明慶は気づいたものの、床から起き上がれず、申し訳ないとしきりに謝りながらも、床に伏せった。

昨日、ようやく床に起き上がることができた明慶は名のってから、

「拙僧は、黒島藩の藩士の家に生まれましたが、いまは京の本圀寺《ほんこくじ》にて修行いたしておりります」

と告げた。靭負は、微笑を浮かべた。

「京で修行しておられる方が九州までお見えになられたか。しかし、わたしは御坊のお顔に見覚えがあるように思いますが」

明慶は観念したように目を閉じて答えた。

「わたしは駒井石見の子、省吾でございます」

「お顔を見て、そうであろうと察しました。やはり父子ですな。亡き石見様と面差《おもざ》しが似ておられます」

靭負が穏やかに告げると、明慶は苦笑した。

「わたしは幼いころから病がちで家督も継げないまま京に上り、仏門に入った不肖の息子です。もはや故郷はないものと思っておりました」

「その省吾殿がなにゆえ、国許に戻られ、しかもわたしをお訪ねになったのですか」

靭負は明慶の顔をじっと見つめた。

「さて、どう申し上げたらよろしいのでしょうか。茶人になられた柏木様と俗世を離

れた話をいたしたいとの思いはございますが」

明慶は考えながら言った。

「しかし、それだけではないのでございましょう。胸のうちを明かしていただけると嬉しく思います」

ゆったりと靭負が言うと、しばらくして明慶は口を開いた。

「わたしは柏木様同様に十六年前に国を出て京に上りました」

「さようでござったか」

駒井省吾が自分と同じように十六年前に国を出たと聞いて、靭負は目を光らせた。

省吾は、本来ならば父親の跡を継いで、家老になる立場だったが、病弱のため家中の者との交わりも少なく、ひとの噂になるということもなかった。

おそらく年がさほど変わらない丹波正之進が将来、黒島藩を背負う者になるだろうと周囲が見ていたのとは、あまりに違う。

靭負にしても石見に似ているとは思ったものの、昔の省吾についてほとんど記憶がない。それはおそらく他の藩士も同様で、省吾は名門に生まれながら、家中では忘れられたようになっていたのではないか。

「国を出られた柏木様がわたしのことをご存じないのは、当たり前のことでございます。わたしは藩校で丹波正之進や柏木様の養子になった松永精三郎と親しくいたしましたが、それ以外のひとと交わることもございませんでした。わたしは、いつもひとに忘れられるのです。ですから、国を出るおりも誰にも挨拶せず、ひっそりと京に上ったのでございます」

「なるほど、あのころ、わたしはおのれが国を出るはめになったことばかりを思い、ひとの身の上に思いをめぐらすことがなかった」

靭負はあらためて、十六年前の自分にどれほど心のゆとりがなかったかに思いいたった。家老の駒井石見の嫡男が京に出て僧になったのであれば、その消息ぐらいは耳にしてもよかったはずだが、藩に関わることすべてに心を閉ざしていたのだろう。

それほどまでに茶道に打ち込んでいたと言えば、聞こえはよいが、実際のところは藩内で失脚し、妻の藤尾が自害して果てたことに胸がふさぎ、逃げていただけのことかもしれない。

若くして武士を捨て、仏門に入った男にも煩悶《はんもん》や苦しみがあったのだろう、と思いながら靭負は明慶の言葉を待った。

「もはや、奥方様のことを知ろうとなさることはお止めくださりませぬか」

明慶は静かに言った。

「藤尾がなぜ死なねばならなかったかを知りたいと思い、わたしが国に戻ったのを明慶殿はご存じなのか」

靭負は厳しい表情になった。明慶はうなずいて、

「柏木様が国に戻られたとひとから、伝え聞いて、さようなことではないか、と察しました」

と答えた。

「それで、わたしを止めようと明慶殿も帰国されたのか」

「さようでございます」

靭負が強い視線で見据えると、明慶は静かに見返してきた。ひとからいつも忘れられていた男とは思えない落ち着きが明慶にはあった。

かつてのひ弱な駒井省吾に胆力が備わったのは京での仏道修行のおかげなのだろう、と靭負は思った。

そのとき、明慶は咳き込み始めた。靭負は明慶の背をなで、介抱したが咳は治まらず、話を続けることができなかった。

きょう、ようやく具合がよくなった明慶は起き出した。

昼近くになって、靭負が茶を点てましょう、と言うと明慶は近くに散歩に出て宗旦

木槿の花をとってきたのだ。

靭負が三日前からのことを話し終えると、千佳はあらためて床の間の宗旦木槿に目を遣った。明慶がなぜ靭負に藤尾のことを知ろうとするのを止めさせようと京から戻ったのかはわからない。

それでも藤尾に関わりがあるのだ、と思えば、たった今活けたばかりの宗旦木槿の底紅がなまめいたものに見えた。

清らかな白い花の底にあでやかな紅色があるのは、女人の心そのものを思わせる。

ひょっとすると、明慶は藤尾の心を示すために宗旦木槿を活けたのかもしれない。

そう思ったとき、昨日、精三郎が駒井省吾の名を口にしたのは偶然ではない、と気づいた。精三郎は明慶が山月庵に泊まっていることを知っていたのだ。

だからこそ、自分に山月庵を訪れるように勧めたのではないか。

何のためか、と推量するまでもなく、明慶と靭負がどのような話をしたのか知るために違いない。

(旦那様は何を考えておられるのだろう)

千佳は不審に思いつつ、明慶に顔を向けた。

「明慶様のお話はわたくしもうかがってよろしいのでしょうか」

千佳がうかがうように言うと、明慶はわずかにためらう素振りを見せたもののうなずいた。

「精三郎の奥方殿にお聞かせするのはいかがかと思いますが、隠し立てするのもいかがかとも思いますゆえ」

靭負は、少し、首をかしげてから、

「ならば、茶を点ててから話をうかがいましょう。せっかく活けていただいた花を楽しまぬではもったいないゆえ」

と言った。明慶は何も言わずに席を靭負と入れ替わった。靭負はいつも通りの静謐《せいひつ》な所作で茶を点て始めた。

千佳は明慶のそばに座った。靭負が茶を点てる様を見つめる明慶の横顔を見たとき、先ほどからの温和な表情とは違う、厳しい目になっていることに千佳は驚いた。

(このひとは何かを憤っている)

それが何に向けてのものなのかは、わからない。だが靭負が茶碗に湯を注ぎ、茶筅を手にした姿を見つめる明慶の視線はまるで刺すようだった。

これほどの目で見られていることを感じ取らないはずはない、と思えたが、靭負の所作は滞るところがない。

千佳はしだいに息詰まる思いがしてきた。明慶が何を言おうとしているのかわからないが、いずれにしてもただならぬことのように思える。

靭負が差し出した黒天目茶碗を明慶は静かに手に取った。茶碗を持った明慶の姿を美しいと千佳は思った。

床の間に花を活けていたときもそうだったが、明慶は思いを何かに集中させるとき、顔つきが研ぎ澄まされたようになる。

千佳は不安な面持ちで靭負を見た。靭負は茶釜に向かって座りながらも明慶の所作を気配で感じ取っているのではないか。

明慶は茶を喫した。その姿を横目に見て、千佳は胸がざわめいた。なぜか、いまの明慶を昔、見たことがあるような気がした。

明慶から漂っているのは憤りではなく、悲しみなのだ。

なぜ、それが自分にわかるのだろう、と千佳は訝しがった。しかし、明慶の横顔にはぬぐいようのない悲愁の色があった。

靭負はゆっくりと口を開いた。

「さて、明慶殿のお話をおうかがいしようか」

明慶は茶碗を膝前に置いた。

「何からお話しいたせばよいかと迷いますが」

少し考えた後、明慶は靭負を見つめた。

「柏木様の奥方様は不義密通の噂が立ったとのことでございますが、まことなのでしょうか」

一瞬、靭負は顔を強張らせたが、ため息をついて口を開いた。

「たしかに、そのような噂があったようです」

「ならば、申し上げますが、噂になった不義密通の相手とは、わたしでございます」

沈んだ表情で明慶は言った。

靭負は明慶に鋭い視線を注いだが何も言わない。傍らで聞いていた千佳は明慶の言葉に耳を疑った。

十六年前、明慶は十八、九歳の若侍だったはずだ。しかもひ弱でめったにひとと交わることもなかったという。それなのに、藤尾と不義密通したなどとは信じられなかった。

「もう一服進ぜよう」

靭負は静かに再び茶を点て始めた。

茶筅の音だけが聞こえ、いましがた明慶が不義密通と口にしたのが嘘のようだった。茶を点てた靭負は茶筅を置いたが、茶碗を明慶に差し出そうとはしない。

「いまの言葉だけではよくわかりませんな。仔細《しさい》をうかがおうか」

底響きする声で靭負は言った。

千佳は胸苦しい思いで、傍らの明慶の様子をうかがった。明慶は身じろぎしてから淡々と語り始めた。


わたしが若いころ、ひとと交わらずにいたのは、お話しいたした通りです。藩校にこそ通いましたが、病がちで、寝たり起きたりの暮らしでしたので、ひとと話をいたすことも煩《わずら》わしく思えたからでした。

そんなわたしにも月に一度の楽しみがございました。城下の大興寺《だいこうじ》で開かれる歌会に出ることでした。

この歌会は大興寺の善徳和尚《ぜんとくおしよう》が開いていらしたもので、家中でも、すでに隠居の身である藩士や年配の奥方しか加わられず、若い者はわたしだけでした。

それだけに気楽でかしこまらずに和歌を詠むことができたのです。ところが、十七年前の夏のことでした。

わたしがいつものように大興寺の歌会に行くと、この日は若い女人の姿があったのです。と言っても、わたしよりは年上の方でしたが、善徳和尚にお訊ねすると勘定奉行柏木靭負様の奥方である藤尾様だとおっしゃいました。親戚の奥方から誘われてこられたのだ、ということでした。

その日、藤尾様はまわりが高齢の方であるのを憚られたのか、ひときわ地味な着物でおられたと思います。それでも抜けるように色白で目鼻立ちのととのった藤尾様の美しさは隠しようがありませんでした。

わたしは藤尾様と話すなど思いつきもせず、遠くから眺めているだけでしたが、いざ本堂で歌会が始まってみると、年が若いだけにわたしと藤尾様は隣り合わせの席になりました。

無論のこと、わたしは藤尾様と話すことなどできませんでした。ただ、傍らに美しい女人が座っておられるというだけで、今思えば若気の至りですが、顔が赤らみ、落ち着かぬ気持でいました。

わたしは病弱でおそらく家督をも継げないのではないか、と思っておりました。いずれ、大坂か江戸に学問修行に出たいという考えもありましたが、月に何日も寝込んでしまう体では遊学などできそうにもありませんでした。

このまま藩の片隅で弟の厄介者《やっかいもの》になり、朽ち果てていくのか、と空しい思いでいましたが、藤尾様を見て、このような女人を妻に迎えて平穏に暮らせるのであれば、それもよいか、と胸にあらぬ思いが浮かんだのです。

そのとき、藤尾様から、もし、と声をかけられました。夢から覚めたように、はっとして藤尾様を振り向きました。すると藤尾様は、たったいま、和歌の講評をしていた善徳和尚が口にした、

巨勢山《こせやま》のつらつら椿つらつらに　見つつ偲《しの》はな巨勢の春野を

という和歌がよくわからないのだ、と恥ずかしげに訊かれたのです。

わたしは小声で『万葉集《まんようしゅう》』にある和歌で持統《じとう》上皇が紀伊《きい》に行幸した際に供をした坂門人足《さかとのひとたり》の歌ではないか、と思う、と言いました。

和歌を詠んだ季節は晩秋で巨勢山の連なる椿の葉を眺め、春の野に咲く椿を思い起こせよということではないか、と言い添えると、藤尾様はにこりと笑って、

「それで、つらつら、と言うのでございますね」

と言われました。わたしも思わず、

「そうです。だから、つらつらなのです」

と言いました。春の野の椿が鮮明に脳裏に浮かびましたが、それとともに、つらつら、ともったいぶって言ったことがおかしくなりました。

藤尾様も同じだったらしく、笑いをこらえるようにして、申し訳ございません、突然、お訊ねしてしまいました、と謝られました。

わたしは頭を横に振っただけで、何も言いませんでしたが、藤尾様から話しかけられたことが嬉しくてなりませんでした。

邪な思いが自分の中にあるとは、思いませんでした。ただ、美しく、やさしい姉を見るような気がしていたのです。

藤尾様はそれから、二言、三言、わたしに話しかけてくださり、親しげにしていただいたのです。この日はそれで終わりましたが、秋口にまた大興寺でお会いいたしたおりには、一層、打ち解けたお話ができ、藤尾様はわたしに、

「弟と話しているような気がいたします」

と言われました。

もちろん、いかがわしい気持などあるはずもございませんでした。ですが、寒さが厳しくなった冬のある朝、屋敷にいたわたしに父から、すぐに丹波承安様のお屋敷に

参るようにとの報せがありました。

父は前日から丹波屋敷に泊まりがけで出かけていたのです。父が何のために丹波屋敷に赴いたのか、わたしは知りませんでした。

父はわたしの将来には何も期待せず、わたしと年が変わらない丹波正之進こそ藩を担っていく人材だと考えておりました。

わたしも、そのことに間違いはない、と思い、父が正之進への期待を口にするのを黙って聞いていたのです。

このころ、正之進が何度か屋敷を訪ねてきて父と密談をしておりました。蚊帳《かや》の外に置かれているわたしにはわからないことでしたが、父と正之進は藩の重大事を話しているようでした。

わたしは父の指図に従い、すぐに家士を供に丹波屋敷に駆け付けました。そして案内された茶室で家士の溝渕半四郎の遺骸を見せられたのです。

驚いたことに父は土屋左太夫様とともにいました。昨夜、丹波屋敷で重要な密談があったのだ、とわたしは察しました。

父はひどく疲れた様子で、自分は屋敷に戻り、登城せねばならないから、と言ってわたしに半四郎の死体の始末を命じました。土屋様は傍らで厳しい表情でしたが、何も言いませんでした。

なぜ、半四郎が死ぬことになったのか、誰に殺されたのか、ふたりとも何も話しませんでした。すると、承安様がわたしに意味ありげに千鳥の模様が彫られた赤漆の櫛を見せました。

昨夜、夜咄《よばなし》の茶会を催し、藤尾様もそこに出ていた、と承安様は言ったのです。

「そうしたら、今朝になって、この始末だ。死体のそばに、この櫛が落ちていたというわけだ」

さも藤尾様が殺《あや》めたのだと言わんばかりの口調でした。

承安様が死体に気づいたときには、藤尾様は正之進に付き添われて屋敷を出て城下に戻ったということでした。承安様はわたしが藤尾様に会ったことがあるのをご存じではありませんでした。それだけに、あたかも藤尾様が不埒な所業をしたと思わせる話をしたのでしょう。

わたしは承安様が手にした赤漆の櫛を見つめながら、とんでもないことになったと思い、足が震えました。

十五

「それで溝渕半四郎の遺骸は明慶殿が始末されたのですな」

靭負は確かめるように訊いた。

「始末と申しても、連れてきた家士とともに、丹波屋敷の家僕に手伝わせて大八車《だいはちぐるま》に乗せ、近くの寺へ運ばせただけです。それからの手配りは家士がいたしました。わたしは寺で半四郎の遺骸のそばに付き添っただけです。その間に父と土屋様は屋敷に戻られたようです。言うならば、わたしは死体の見張り役でした」

明慶はうつむいて、自嘲《じちょう》するように言った。靭負はそんな明慶の顔をうかがうように見ながら、

「藤尾との関わりはそれだけだったのでしょうか。それでは不義密通などとは申せませんな」

明慶はちらりと靭負を見た。落ち着いた目だった。ゆっくりと頭を横に振った明慶は、言い添えた。

「いいえ、わたしは死体の始末を見届けた後、屋敷に戻りましたが、翌日、柏木様のお

屋敷を訪ねたのです」

「わたしの屋敷に？」

靭負は首をひねった。

「はい、承安様の訳ありげな口振りが気にかかりました。藤尾様にかぎってさようなことをされるはずがありませんが、あらぬ疑いをかけられてはお困りになるだろう、と案じたのです」

「藤尾と会われたのですか」

靭負は鋭い目で明慶を見た。明慶はその視線を撥《は》ね返すように、はっきりした口調で答えた。

「藤尾様は溝渕半四郎が殺されたことについては何もご存じないようでした。しかし、わたしの口からそれを聞いて、ひどく怯えられたのです。何より、柏木様に迷惑がかかるのを恐れられたようでした。それで、わたしにどうしたらよいのか、と相談されました」

「なるほど、さようでございましたか」

うなずきながら、靭負は手元の茶碗を明慶の膝前に置いた。

明慶は靭負の顔を見たうえで、さりげなく茶碗を手にして作法通りに飲んだ。

「それで、藤尾の相談にのられて明慶殿はいかがされたのです」

「何としても、わたしがおかばいするからと申し上げました。殺されたのは、わたしの家に仕える者だから、わたしの存念でどうにでもなるとお話しいたしたのです」

「されど、その相談をいたす間に不義密通に及んだと言われますか」

靭負はひややかに言った。明慶は毅然《きぜん》として口を開いた。

「さようです。わたしは、若さゆえの過ちを犯しました。このようにお話しいたしましたからには、どのような罰も受ける所存にございます」

明慶がきっぱり言うと、千佳は膝を乗り出した。

「違いまする。明慶様は嘘をついておいでございます」

明慶は眉をひそめて千佳を見た。

「不義密通をしたなどと、死罪にもなりかねぬことで嘘を言う者がおりましょうか」

千佳は頭を横に振った。

「いいえ、わたくしにはわかります。明慶様が歌会の席で藤尾様に会われて心を奪われたのはまことでございましょう。されど、藤尾様と過ちを犯したと言われるのは嘘でございます」

「なぜ、さように思われますか」

千佳の顔を見つめて明慶は訊いた。千佳は床の間の宗旦木槿に目を遣った。

「明慶様は、先ほど、仏に捧げる〈手向けの枝〉を活けられました。そして祈りのために花を捧げるのだと申されました。亡き藤尾様に捧げる花であったと思います」

「どうして、それが不義密通をしておらぬということになるのです」

無表情に明慶は問うた。

「〈手向けの枝〉に明慶様が選ばれたのは、白く清らかな木槿でした。底紅に思いの深さはあったとしても花弁は何の穢《けが》れもない白い花です。不義密通を犯し、後ろめたい想いを抱いた方が捧げる花ではないと存じます」

千佳が言い切ると、靭負はうなずいた。

「わたしにも明慶殿が不義密通をしていないことはわかります」

「柏木様までさように思われますか」

明慶は鋭い目で靭負を見つめた。

「先ほど、二杯目の茶をお出ししました。明慶殿はためらわずに飲まれ、作法に乱れもなかった」

「それが不義を働いていない証だと言われるのですか」

「不義を働いたと話しながら、相手の女の夫が差し出す茶を何のやましさもなく飲める男はおりますまい」

　靭負は静かに言い切った。

　手元に置いた茶碗を眺めたが明慶は何も言わない。千佳は明慶に詰め寄る気配になって言った。

「明慶様はまことに藤尾様に想いを抱かれたと思います。それなのに、なぜ、あらぬことを口にされ、藤尾様を辱められたのでしょうか」

　明慶は目を閉じて口をつぐんだ。その様に目を遣りながら、靭負は言葉を発した。

「明慶殿は藤尾の仇を取ろうとされたのであろう」

　千佳は目を瞠った。

「まさか、父上が藤尾様の仇だと思えるはずがございません」

「いや、わたしは不義密通の噂に惑わされ、藤尾を信じることなく問い詰め、死なせてしまった。明慶殿は藤尾が亡くなると京に上られ、僧になられた。藤尾の菩提を弔われるお気持ちだったのかもしれぬ。それゆえ、明慶殿は藤尾を死なせたわたしを憎んでおられるのではないかと思う」

　靭負は淡々と言った。それでも千佳は訝しんだ。

「ですが、明慶様はなぜ偽りを申されたのでしょうか」

「わたしが明慶殿の虚言を信じたならば、誰がどのようなことを言おうともなぜ、藤尾を信じなかったのか、とわたしを問い詰め、笑うためだ。それが明慶殿の仇討であったのだろう」

違いますかな、と靭負に訊かれて、明慶は吐息をついた。

「さすがに茶人として名を上げられた方は違いますな。人の心をよく察することがおできになる。もし、十六年前にその心がおありだったならば、藤尾様は亡くなられずにすんだでありましょう」

明慶の言葉に鞭打《むちう》たれたように、靭負は目を閉じた。

「まさに、おっしゃる通りです。わたしの過ちを正すため、明慶殿は参られたのだと思います」

明慶は宗旦木槿に目を遣りながら言った。

「それだけではありません。有体《ありてい》に申せば、藤尾様を信じることができなかったのは、わたしも同様なのです」

「明慶殿も？」

「さようです。わたしは正之進が藤尾様を城下へお送りしたと聞いて、ふたりの間柄を疑いました。それもあって、すべてが嫌になり、京へ上ったのです」

おのれを恥じるように明慶は言った。そして顔を大きく縦に振って言葉を継いだ。

「しかし、ただいまの柏木様のお言葉を聞いて、得心がいきました。柏木様はいまも変わらず藤尾様を想っておられます。やはり、藤尾様はあの木槿のような方であったとわたしは思います」

靭負は床の間の宗旦木槿を見つめた。

白い花弁の底紅の色がさらに濃くなったように見えた。


この日、夕刻になって、明慶は山月庵を辞した。止んでいた雨がまた、しとしとと降り出していた。

靭負は明慶の体を気遣い、もう一日、泊まったほうがよいのではないかと勧めたが、明慶は微笑して遠慮した。

「ありがたくは存じますが、実家の弟も心配いたしますので」

固辞した明慶は去る前にふと思いついたように言った。

「そういえば、正之進が間もなく国許に戻るようですが、弟から気になる話を聞きました。正之進は帰国しだい、柏木様にお目にかかり、厳しい処断をするお許しを殿からいただいたとのことです」

「ほう、わたしを斬るというつもりでしょうか」

「それはわかりません。しかし、正之進は御家のためなら秋霜烈日《しゅうそうれつじつ》の厳しさで臨む男ですから、ご用心されるべきでしょう」

明慶の言葉に靭負は黙ってうなずいた。そして、明慶が帰った後、茶室に戻ると、千佳に、

「明慶殿は、まことはいまの話を伝えるためにお見えになったのかもしれぬな」

と言った。千佳は不安がこみあげるのを感じた。

丹波正之進はすでに藩の重職のひとりだ。その正之進が、厳しい処断を主君に願い出たとあればただ事ではない。

「丹波様は何をされるおつもりなのでしょうか」

「わからぬが、おそらく藤尾の死は藩の秘事に関わりがあるのだ。わたしがそれを知ろうとするのを封じるつもりだろう」

さりげなく靭負は言った。

だが、明慶も疑念を抱いたように藤尾と正之進の間に何かがあったとすれば、どうなるのか。正之進は自らの不義密通が暴かれるのを恐れて、靭負を斬ろうとしているのかもしれない。

千佳は思いをめぐらしながら、背筋が冷たくなるのを感じた。それとともに、明慶が山月庵を訪れていることを精三郎が知っていたらしいのも訝しく感じた。

明慶と正之進、それに精三郎は藩校での友だったという。

精三郎は正之進が何をしようとしているのか知っているのではないか。それなのに、なぜ、自分には話してくれないのだろう、と千佳は不審に思った。

そんなことを思いめぐらしている間に雨音がしだいに高くなってきた。

庭先から見える空に青白い稲妻が走ったかと思うと、地鳴りするほどの落雷の音が響いた。

「これはいかぬな。明慶殿はまだ屋敷に戻られてはおるまい」

靭負は縁側に出て空を見上げた。

いつの間にか夕暮れの空は黒雲に蔽《おお》われていた。さらに稲光がした。雨はさらに激しくなってくる。卯之助が庭先に来て、

「これは、大雨になります」

と言った。

靭負は空を見つつ、千佳に言った。

「このまま雨が止まぬようであれば、屋敷に戻らず、今夜はここに泊まっていくがよ

い」

千佳は雨脚が強くなるのを見ながら何気なく、はい、とうなずいた。だが、山月庵に泊まるということは、ひと晩を靭負とともに過ごすことだ、と気づいて困惑した。

傍らに立つ靭負の横顔から目をそむけた千佳の胸はなぜか波立っていた。

十六

雨は夜半まで激しく降り続いたが、床をのべたころには、ぴたりと止んだ。それまでの豪雨が嘘のようで、静けさが却って不気味なほどだった。

山月庵の寝所としては卯之助《うのすけ》が寝る小部屋と書斎の六畳があるだけだった。卯之助の部屋を使うわけにもいかず、千佳《ちか》は六畳の間にふたつ床をのべた。できるだけ離したが、手を伸ばせば届くだけに、襦袢《じゅばん》姿で床に入るのはためらわれる。

靭負《ゆきえ》が無体なことをするようなひとではないとわかっているが、帰国してから藤尾《ふじお》のことを探るうちに、かつての靭負とは違う何かが胸の内に生まれているのを感じる。それは千佳の胸にもあるものだった。

靭負が少しずつ藤尾の死の真相に迫るにつれ、千佳の胸に深い悲しみが湧く。それはあたかも藤尾が自分に憑依《ひょうい》したかのようだ、と千佳は思うことがあった。

女の身として思えば、妻を信じることができぬまま遠くへ去った夫が悔恨《かいこん》の思いとともに戻ってきて、妻の心を知ろうとしているのだ。

もし、霊魂というものがこの世にあるなら、藤尾の魂は靭負のもとにやってこないわけがない。その思いが自分に宿るとしたら、胸の中でときおり、ざわめく思いは藤尾の心なのだろうか。

千佳にしてみれば、戸惑《とまど》わずにはいられない。靭負が傍《そば》にいるとき、その姿を見つめる自らの視線にいとおしみに似たものがあるのを感じる。

それは舅《しゅうと》への嫁の目とは違うかもしれない。かといって、藤尾が自分にのり移っているなどとひとに言えば、気がふれたかと思われるだけだろう。それだけに千佳は自分の胸で波立つ思いを見ぬようにしてきた。

だが、もし、藤尾が靭負とふれあいたいと願っているとしたら、どうなるのだろう。藤尾の悲しさを思えばかなえてやりたい気もするが、精三郎の妻である自分が靭負にふれることなどあってはならない。

もし、そんなことになったら、自害するしかないだろう。千佳は心の中で、ひそかに、わたくしを困らせないでください、と藤尾に願った。

千佳は二つ並んだ布団を前に困惑しながら、こんな思いを抱いていたのだ。すると、縁側に立った靭負が声をかけてきた。

「千佳殿、雨が止んだと思ったら月が出ている。満月とは言えぬが、風情のある月のようだ」

靭負に言われて千佳も縁側に出た。まだ雨もよいの雲が残っているためか、滲《にじ》んだようで、春の夜の朧月《おぼろづき》を思わせた。そのはかなさが却っていまの千佳のこころに沁《し》みる気がした。

靭負は、『源氏物語』に、朧月夜が出てくるのを知っているか、と千佳に訊ねた。千佳が『源氏物語』は読んでいないと答えると、靭負は光源氏が出会った朧月夜の女について話した。

あるとき帝《みかど》が花見の宴《うたげ》を開かれた。宴が終わり、光源氏はほろ酔いでひとり余韻にひたり宮殿を彷徨《さまよ》っていると、そこにひとりの女人が、

——朧月夜に似るものぞなき
と歌いながらやってくる。『新古今和歌集』にある歌だ。

照りもせず曇りもはてぬ春の夜の　朧月夜にしくものぞなき

照り輝くでもなく曇り空で見えなくなるのでもない、春の夜の朧月夜に勝る月はない、という歌である。

靭負はそれ以上、源氏物語の内容にはふれなかったが、光源氏はこの朧月夜の女と一夜の契《ちぎ》りをかわす。

源氏物語に登場する女人のなかでも謎めいて光源氏を翻弄《ほんろう》する女なのだ。靭負は話し終えて、気分を変えるように言った。

「せっかくの月だ。今宵《こよい》は夜もすがら、月見の茶事をいたそうか」

「さようでございますね」

靭負に言われて、ほっとして千佳は微笑んだ。縁側に立って夜空に目を向けていると、庭の木々も雨で潤《うるお》い、なまめいた匂いを漂わせている。

ひとの心は必ずしも自分の思いのままではない。かすかな月の光、木々のざわめき、空気のぬくもりが思わぬところへ心を運ぶこともある。

心を守るとは、道とも言えぬ隘路《あいろ》へ自ら踏み入らぬようにすることに違いない。たとえ、わずかならず胸に響くものがあったとしても、それはまことの道ではないのだ。そのことはよくわかっていた。

千佳は自分に言い聞かせつつ、布団をあげて茶事の支度をした。靭負はしばらく黙って月を見上げていたが、ふと、

「月見の茶事が藤尾への手向けとなればよいのだがな」

とつぶやいた。千佳はせつなさがこみあげてくるのを感じた。靭負のために何もできないことがもどかしい気がした。

（しかたのないことなのです、藤尾様、おわかりください）

せめていまからの茶事だけは藤尾の心で臨もう。そう胸に誓うと心持ち体が軽くなった気がした。わたくしは今宵だけ、藤尾様なのだ。そう自分に言い聞かせつつ、釜の支度を終えると、靭負が座敷に戻ってきた。

千佳は釜の前を譲って、正客の座についた。靭負は炉の炭の様子を見ながら静かに座っている。やがて、釜がしゅんしゅんと松籟《しょうらい》の音を響かせ始めた。靭負は柄杓《ひしゃく》を手に取りながら、

「千佳殿、しばしの間、月を見ていてはいただけまいか。そなたを藤尾だと思って物語をいたしたい」

とさりげなく言った。やはり、靭負も同じ思いを抱いていたのだ、と感じながら縁側に寄って夜空へ目を向けた。

千佳の背に向けて靭負は語り掛けた。

「昔、かように藤尾に茶を点てて語り合える日があれば、どれほどよかったかといまにして思う。もはや、繰り言に過ぎぬが、さすれば、わたしは違った道を歩んでおったろう。土屋左太夫との政争に敗れ、閑職に追いやられようとも、それなりに藩のためにできたことがあったやもしれぬ」

月を見上げていた千佳の口から気づかないうちに言葉がもれていた。

「それでも、京、大坂から江戸にまで知られた茶人になられましたものを」

自分の声ではない、と千佳は思った。しっとりと愁《うれ》いを帯びた藤尾の声なのではないだろうか。

「いや、茶人となったことなどは、所詮、私事《わたくしごと》だ。ひとはおのれの生まれ故郷で昔から知るひとのために役立ち、何かができたと思えることが幸せなのだ。わたしには、ついぞ、そのような幸せは訪れることがなかった」

靭負の言葉には慚愧《ざんき》の思いが滲んでいた。

「さようなことはありません。あなた様という方がおられたからこそ、皆、自分が何をすべきかを知ることができたのでございます。あなた様がいたればこそ――」

千佳は言いながら、月がさらに白く滲んでいくのを見た。わたくしはいったい、何を言っているのだろう。なぜ、これほど靭負が慕わしく思えるのだろう。

わたくしの心ではない、と何度か胸でつぶやいた。しかし、そんな思いを押し流すほど、心がゆさぶられている。

不意に自分の中で熱くあふれるものを感じた。すると気が遠くなり、体がゆれて千佳は前のめりに頽《くずお》れた。

その瞬間、靭負に抱き留められた。力強い靭負の腕に支えられたとき、深い安堵《あんど》が千佳を包んだ。

脳裏には妖しく霞む朧月があった。

深夜、千佳は暗い茶室で目覚めた。着物のまま布団に横たわっていた。茶室にいるのは千佳だけのようだ。

起き上がって襟元《えりもと》や裾《すそ》をたしかめたが着衣に乱れた様子はなく、千佳はほっとした。しかし、真っ暗な茶室にひとりだけでいるのが不安でもあった。

(父上はどうされたのだろう)

千佳があたりをうかがったとき、

「お気が付かれましたか」

と隣室との襖越しに卯之助の声がした。

「父上はいずこにおられますか」

千佳はわずかに震える声で訊いた。靭負がどこかへ行ってしまったような気がした。

「孤雲《こうん》様はこちらの部屋で、すでにお休みでございます」

卯之助は靭負を茶人としての名で呼んで告げた。さらに言葉を続ける。

「千佳様が月をご覧になっていて、ご気分が悪くなられたようでしたので、茶室に床をとりお寝かせいたしました」

「そうでしたか。卯之助さんは、ずっと起きていてくださったのですか」

「はい、千佳様が鼠《ねずみ》に引かれてはいかぬからと、寝ずの番を仰せつかってございます。どうぞ、ご安心なさってお休みください」

「まあ、大のおとなが鼠に引かれるなどと――」

千佳はおかしくなった。同じ部屋で寝ることを避け、卯之助に寝ずの番をさせることで、あらぬ疑いがかからぬようにしようという靭負の慮《おもんぱか》りだとわかった。それを「鼠に引かれる」というひと言で表して見せたのが、靭負の茶人としての嗜《たしな》みというものなのかもしれない。

ともかく千佳は安心して横になることができた。

(鼠に引かれませんように)

胸の中でつぶやいてみると、自分が童女に戻ったような気がした。だとすると、靭負を慕わしく思う気持は、やはり父親へのものと変わらないと得心できた。

しかし、実父の又兵衛に対したときは、つい、声が大きすぎる、威張《いば》った物言いがひと様に対して恥ずかしい、と感じてしまう。

又兵衛の形にとらわれない行儀作法も不躾《ぶしつけ》で非礼なものにしか思えず、いつしか眉をひそめていた。

床に横になりながら、千佳はやはり、実父への思いと、靭負を父のようなひととして慕う心持ちはどこかで大きく違うのだろう、と感じた。

そのとき、不意に藤尾が不義の疑いをかけられながら、何も弁明せずに亡くなった心がわかる気がした。

藤尾は何も言わずとも、大きく包み込むようにわかってもらいたかったのではないか。それは夫への気持というより、父への思慕に似ているのではないか。

もし、そうであるならば、丹波承安《たんばしょうあん》の屋敷で何があったにしろ、城下まで付き添って送り届けてくれた正之進に父とは違う、頼もしい男への思いを抱いたかもしれない。

そんな灯りが胸の中にともっていたから、藤尾は何も言えなかったのではないかと考えをめぐらした。

すると闇の中で女人の声が響いた。

違います

そんな思いを抱きはいたしません

何も言えなかったのは

旦那様を思えばこそなのです

すべてはあの方のために

なしたことなのです

千佳は床の上に起き上がった。

部屋の隅に白い人影が見える。

藤尾ではないか、と思ったが、人影は声を発しない。しかし、藤尾が自らの思いを告げようとしているのだ。

千佳は藤尾が靭負に抱いた思いを忖度《そんたく》した。しかし、藤尾はそうではない、と打ち消したいのだ。自分はなぜ、そんなことを考えてしまったのだろう。もし、藤尾が靭負に抱いていた思いが夫というより、父に対してのものだったとしたら、藤尾の苦しみが軽くなるような気がしたのだ。

だが、違う。藤尾は深い悲しみの中にいまもいるに違いない。

そのことだけはわかった。

(申し訳ございません。わたくしは、あまりにおかわいそうで、藤尾様の心を疑ってしまいました)

千佳が胸の内で詫びても白い人影は何も答えない。

ただ、じっと千佳を見つめているだけだ。やがて、白い人影は薄くなって、はかなく消えていった。

千佳は闇の中に取り残された。

十七

翌朝、千佳が起き出して卯之助とともに、靭負の朝餉《あさげ》を支度していると、

——頼もう

表で又兵衛の大きな声がした。いつも山月庵を訪れる際には、おう、とうなるような声を上げるだけで、勝手に上がり込む又兵衛にしてはいつにないことだった。

茶室にいた靭負が苦笑まじりに、

「又兵衛め、なんぞ、あらたまった用事らしい。迎えてやりなさい」

と、千佳に声をかけた。

千佳があわてて戸口に出ると、羽織袴姿の又兵衛はあたりを眺めまわしていた。千佳に目を留めると、わざとらしい口調で、

「主《あるじ》はご在宅か」

と訊ねた。

又兵衛がなぜ、あらたまって、そんなことを訊くのかわからず千佳は目を丸くした。千佳が何も言わずにいるのを見て、又兵衛は不機嫌そうに言葉を重ねた。

「靭負はおるか、と訊ねておるのだ。なぜ、返事をいたさぬ」

「おいでございます。お客様をお上げするよう仰せでございます」

「ならば、今少し早く言え」

又兵衛はぶっきらぼうに言うと、戸口から土間に入った。その瞬間、千佳に低い声で

訊いた。

「なぜ、朝からここにいるのだ」

「昨日、お訪ねしたのですが、大雨になり、泊まらせていただきました」

又兵衛の不機嫌さに気兼ねして千佳は声をひそめた。

「馬鹿め、さようなときは、たとえずぶ濡れになろうと泊まらずに帰るものだ。この庵は四六時中、目付《めつけ》に見張られておる。そなたが泊まったことはきょうのうちに重職たちにも知れ渡るぞ」

又兵衛は千佳を睨みつけた。決めつけるような又兵衛の言い方に腹が立った千佳は言い返した。

「何もやましいことなどいたしておりません」

「あったら、大変だ。わしまで腹を切らねばならなくなる」

又兵衛はそれ以上は言わずに、ずかずかと板敷にあがって、茶室へ向かった。

千佳は、不満げに又兵衛の背を見つめたが、ふと、目付が見張っているという言葉が気になった。

よもや、庵の中までのぞいていたとも思えないが、昨夜、月を見上げていて、気持ちが悪くなり、失神した際、靭負に抱き留められたようだ。

あのおりの様子を見られでもしたら、どのように伝えられるかわからない、とぞっとした。又兵衛の用心深さはもっともなのかもしれない。

のっそりと茶室に入った又兵衛は胡坐《あぐら》をかいて、靭負をじろじろと見た。靭負はそれに構わず、炉の炭を熾《おこ》し始めた。

「茶ならいらんぞ。話をしたら、登城せねばならぬ。茶人殿のように閑《ひま》ではないのだ」

「そうか――」

靭負はうなずいたが、構わずに茶の支度を続ける。又兵衛は、それ以上茶のことは言わずに話し始めた。

「昨日、土屋家老からわしに話があった。なんだと思う」

「丹波正之進殿のことか」

靭負は釜の湯が沸くのを待ちつつ、答えた。

「そうだ。よくわかったな」

「昨日まで駒井省吾殿、いや、いまは僧侶となられて明慶《みようけい》殿と言われるが、ここに泊まっておられた」

「ほう、駒井様の息子か――」

「明慶殿は正之進殿が帰国しだい、わたしに会って厳しい処断をするお許しを殿から得たと告げにこられたようだ。つまるところ、正之進殿が戻られる前に国から出ていけ、ということであろう」

「だが、出ていくつもりはないのだな」

又兵衛が確かめるように言った。

「無論のことだ」

靭負は厳しい表情で言い切った。又兵衛はため息をついた。

「なぜ、出ていかぬのだ。江戸では茶人としての交際もあろう。田舎で昔馴染みと角突き合わせているよりも楽しかろう」

「楽しくはあるが、それだけでは心が満たされぬものだ」

「そんなものか」

「又兵衛も江戸に出ればわかる。何事も大きくはなやかではあるが、心に響くものがない。やはり、田舎育ちは田舎にいてこそ、心が静まるもののようだ」

靭負は静かに茶を点て始めた。

「ふん、世に知られた茶人ともなれば偉そうに言うものだな」

又兵衛は顔をしかめて庭に目を遣った。靭負が茶を点てる茶筅の音だけがした。

又兵衛は気を取り直して口を開いた。

「土屋家老の話も同じであった。丹波正之進とお主を会わせたくないようだ」

「それで、わたしに国を出るよう勧めに来たというわけか」

靭負の顔に笑みが浮かんだ。又兵衛は頭を横に振った。

「いや、そんな無駄なことはせぬ。土屋家老に、お主と正之進が会う場にわしも立ち会おうと言ったのだ」

「お主もか」

靭負は振り向いて又兵衛に顔を向け、それはやめた方がいい、と言った。

「なぜだ」

「藤尾のことはおそらく藩の機密に関わる。立ち会って、話の中身を知れば、お主も命が危うくなるぞ」

靭負は案じるように言った。しかし、又兵衛はかっかと笑い飛ばした。

「心配するな。わしにも策はある」

「策だと?」

「正之進殿が帰国したならば、まずはわしが茶会に招く。場所は篠沢民部《しのざわみんぶ》様の屋敷だ」

「お主が亭主役を務めるというのか。しかもひとの屋敷で――」

靭負はあきれたように言った。

「馬鹿にしたものではない。わしにも茶の心得ぐらいはある。正之進殿を正客として、お主と浮島《うきしま》殿を相客にするつもりだ。女人ひとりというのもいかがかと思うゆえ、篠沢様の奥方にも同席してもらおう」

「篠沢様の屋敷にひとを呼びながら、民部様は蚊帳の外へ置くわけか」

「正之進殿の話を聞けば命に関わるかもしれぬ、と言ったのはお主ではないか。浮島殿に同席してもらうのは、何分、いまの江戸藩邸でのことは、わしらにはわかりにくい。浮島殿がおれば、正之進殿も見え透いた嘘は言えまい」

又兵衛は目を光らせて言った。

「なるほど、考えたな。正之進殿にどのような考えがあるにしろ、まず、その茶会で話して後のことになるな」

考え深げに靭負は言った。

「そういうことだ」

「しかし、さような小細工めいたことを正之進殿が承知するかな」

「だから、土屋家老に言うてやったのだ。お主に出ていけと言っても、とても承知すまい。それなら、わしが立ち会ってできるだけ穏便にことを収めようとな」

又兵衛は不敵な笑みを浮かべた。靭負はあきれ顔になった。

「よくそれを土屋家老が承知したな」

「承知せざるを得んだろう。お主はいまや江戸では知らぬ者のない茶人だ。藩の都合で闇に葬《ほうむ》ろうとしてもそれはできん。もし、そんなことになったら、わしが当代の茶人すべてに手紙でことの次第を告げると言ってやった」

又兵衛は得意げに言った。

「乱暴なことを言う。さような手紙を送り付けられた茶人は迷惑するではないか」

「なに、本当にやりはせぬ。脅しだ」

又兵衛はふてぶてしく笑った。

「なるほど、脅しか」

「さすれば将軍家の耳にもやがて届くことになるぞと言うてやったら、土屋家老め、苦虫を嚙み潰したような顔で承知しおった。土屋家老がわしに立ち会いを認めたからには、正之進殿も否《いな》とは言えまい」

そうか、とつぶやいた靭負は又兵衛の友としての情が胸に沁みた。

又兵衛といえども、家を守らねばならない立場だが、自分にできるぎりぎりのところをやろうとしてくれている。しかも、どこかでしくじれば又兵衛自身が腹を切らねばならないのだ。

「すまぬな」

靭負がぽつりと言うと又兵衛はそっぽを向いた。目を細めて庭の木々を見つめながら又兵衛は、

「それにしても篠沢様の屋敷で浮島殿と会うのは楽しみだな。茶会でわしの亭主ぶりを見れば、懸想してくれるかもしれんぞ」

と飄々《ひょうひょう》とした言い方をした。

「浮島殿はお主のことなど、何とも思っておらんだろう」

靭負が歯牙《しが》にもかけず、あっさり言うと、又兵衛はにやりと笑った。

「いや、わかるものか。女子の心というものは、なかなか油断がならぬ」

さも女人に通じているかのように又兵衛は言ってのけた。

靭負は苦笑しながら茶碗を手に取ると口元へ運んだ。又兵衛はぴくりと眉をあげて靭負を睨んだ。

「おい、それはわしへの茶ではないのか」

心外そうに言う又兵衛に、靭負は平気な顔で答える。

「お主は先ほど、すぐに登城せねばならぬゆえ、茶はいらぬ、と言うたではないか」

「さっきは、さっきだ。話をしていまは喉《のど》が渇いておる」

又兵衛は不満げな顔をした。

「白根又兵衛ほどの武士が何を言うのだ。武士に二言なしではないか」

靭負は涼しい顔で言うと、茶を静かな所作で喫した。

又兵衛は、憤然とした様子で立ち上がると、追って日取りは報せる、と言い置いて茶室を出た。

靭負はくすりと笑っただけで見送ろうとはしない。又兵衛は板敷から土間に降りようとして千佳に声をかけた。

「何をいたしておる。家まで送ってやるぞ。さっさとせぬか」

「送っていただけるのでございますか」

千佳は目を瞠ると、又兵衛はうんざりした顔で答えた。

「一家の御新造様が外泊をいたしたのだ。実の父親が付き添って帰ったほうが、家の者は安心いたすであろう。わしとしては面倒このうえないがな」

さも迷惑そうな口ぶりだったが、ひょっとすると、又兵衛は朝方、柏木邸を訪れ、自分が山月庵に泊まっていることを知って、登城前に靭負に会いに来たのかもしれない、と千佳は思った。

千佳が靭負に挨拶してくると土間で待っていた又兵衛は物も言わずに戸口から出た。千佳はあわてて、又兵衛の後を追った。

又兵衛は山道を黙々と歩いていたが、後ろから来ていた千佳に声をかけた。

「丹波正之進殿が江戸より戻ったら、篠沢様の屋敷で茶会を開く。正之進殿と靭負が客ということになる」

又兵衛にしては沈んだ声だった。ただの茶会ではないのだ、と思いながら千佳は思いついたことを訊いた。

「亭主はどなたがお務めになるのでしょうか」

又兵衛は間髪《かんはつ》を入れずに答えた。

「わしだ」

「父上が――」

千佳は思わず絶句した。正之進は江戸で側用人を務めているだけに他家との交際も広く、茶の心得はあるだろう。まして、天下の茶人となった靭負まで客にしての亭主役が又兵衛にできるものなのだろうか。

千佳は歩きながら、おずおずと訊いた。

「父上、大丈夫でございますか。もし、心もとなくお思いでしたら、わたくしが稽古のお相手をいたしますが」

茶会まではまだ、間があるのだろうから、その間に稽古してはどうか、と千佳は気遣ったつもりだった。だが、又兵衛はひと言、

「馬鹿にするな」

と憤然として言うなり、肩を怒らせて足を速めた。どんどん進んでいく又兵衛についていくのに千佳は難渋して、よけいなことを言わねばよかった、と後悔した。

どこかで鳶《とんび》が鳴く声がしていた。

丹波正之進が江戸から戻ったのは二十日後のことだった。

又兵衛は城中の御用部屋で正之進に会うなり、篠沢屋敷で茶会を開くゆえ、参られいと告げた。

正之進はすでに土屋左太夫から、又兵衛の申し出を聞いているらしく、驚かなかったが、色白で端正な顔にかすかに困惑の色を浮かべた。

「さて、いかがしましょうか」

「いかがするか、とはどういうことでござる。それがしの招きには応じられぬとの仰せかな」

又兵衛が声に凄《すご》みを利かせると、正之進は苦笑した。

「いえ、決してさようなことではございません。江戸でのことの報告もありまして、しばらく暇がないかもしれぬと思ったのでござる」

「なるほど、それがしの招きは暇つぶしということですな」

「さように悪くとられては困ります。茶会より、御用が先なのは当然のことではありませぬか」

正之進は微笑を浮かべた。又兵衛はうかがうように正之進の顔を見た。

「ほう、茶会には柏木靭負も出て参りますぞ。聞くところによると、丹波殿は靭負に対し、厳しい処断をする腹で国許に戻られたとか。ならば、茶会とは申せ、御用のひとつではありませんかな」

露骨に又兵衛が問い質すと、正之進は笑みを消して厳しい表情になった。

「それがしは江戸藩邸において側用人を務めておりますが、物事を誤魔化して言うことに、いまだに慣れません。白根様の仰せの通り、柏木様をいまのまま国許には留め置けぬ事情がございます。柏木様がそれがしの申すことをお聞き届けくだされば、ようございますが、さもなくば荒きことをせねばならぬと覚悟いたしております」

きっぱりとした正之進の物言いに、又兵衛はにこりとした。

「なるほど、噂に違わぬ堅物《かたぶつ》ですな。されど、さような丹波殿が靭負の妻を丹波屋敷から城下まで送り届けるやさしき振舞いをようもなされたものだ」

又兵衛の言葉を聞いて、正之進は顔をこわばらせた。大きく息をついた正之進は、

「ひとはときに思いもよらぬことをなすようでござる」

と真剣な眼差しを又兵衛に向けて言った。又兵衛は軽くうなずいて、

「いかにもさようですな。おそらく靭負もさような思いを抱えておったゆえ、十六年ぶりに国許へ戻ったのでありましょうな」

正之進は能面のように無表情になると、もう話は打ち切りだというように、頭を下げた。

又兵衛は袴をさばいて立ち上がり、御用部屋を出ていきながら、正之進の目に悲しみの色が浮かんでいたのは、なぜなのだろう、と思った。

十八

この日の夜、靭負は茶室で燭台《しょくだい》に火を灯して書見をしていた。すでに雨戸はしめていたが、どこかから入り込んだのか、蛾《が》が燭台の火にまとわりつくように飛んだ。

靭負は蛾をうるさく思って見つめたが、不意に声を発した。

「卯之助、いるか」

隣室の襖が開いて卯之助が顔を出した。

「御用でございましょうか」

卯之助は頭を下げて訊いた。

「用ではない。いまからしばらくの間、そちらの部屋の隅で控えておれ。何があろうとも動くではないぞ。下手に騒げば命に関わろう」

卯之助はぎょっとした顔になった。

「何があるのでございますか」

「来客があるというだけのことだ」

靭負は落ち着いて答えた。卯之助は手をつかえて靭負の顔をうかがい見た。

「どなたがお見えになるのでございましょうか」

「すでに来ておる」

靭負はゆっくりと床の間に目を向けた。

燭台の灯りにぼんやりと照らされて、頭巾をかぶった男がひっそりと座っていた。脇差を腰に差し、傍らに大刀を置いている。

——ひいっ

卯之助は悲鳴をあげて隣室に逃げ込んだ。男は柿色の頭巾と筒袖の上着、伊賀袴《いがばかま》、手甲《てっこう》、脚絆《きゃはん》をつけている。頭巾から鋭い目だけがのぞいており、表情はわからない。靭負は座ったまま、

「無礼を咎めても無駄なようだな」

と厳しい声で言った。柿色装束《しょうぞく》の男は靭負に軽く頭を下げた。

「まことに無礼な振舞いにて恐れ入る。ただ、やむを得ぬ仕儀でござれば、お許し願いたい」

靭負はじろりと男を見た。

「この庵は藩の目付がいつも見張っていると思ったが、そなたは、よく入れたな」

「それがしは、ひとが見張る屋敷に忍び込むのを得手としております」

柿色装束の男は底響きする声で言った。

「何者なのだ」

「名のることは許されておらぬゆえ、ご容赦くだされ。今宵、忍んで参ったのはうか

がいたいことがあってのことでござる」

「訊きたいことがあるというのか」

靭負は首をかしげた。

「さよう、溝渕半四郎は誰かに斬られたのではないかと疑《うたご》うております。斬ったのは、丹波承安か土屋左太夫か、それとも——」

「わたしは何も知らぬ」

靭負は頭をゆっくり横に振った。柿色装束の男はため息をついた。

「しもうた。もはやわかったか、と思いましたが、早まったか」

靭負は男を見つめて訊いた。

「なぜ、昔のことを知りたがるのだ」

「さようなことは申せませんな。しかし、柏木殿がまことに知らぬのか、問い質したがよいかもしれぬ」

男はしばらく考えた後、

「ここでは詳しいことを訊けぬ。すまぬが、ご同道願いましょうか」

と否やを言わせない口調で言った。靭負は笑った。

「なぜ、わたしが、そなたのような胡乱《うろん》な者と同道せねばならんのだ。断る」

靭負が言い切った瞬間、男は脇差を抜いた。あっという間に傍により、素早く靭負の首筋に突き付けた。

「どうあっても来てもらわねば困るのです」

柿色装束の男は片手を伸ばして音もなく障子を開けて、

「参ろうか」

と、靭負に言った。靭負はやむなく立ち上がった。柿色装束の男は靭負に脇差を突き付けたまま、影のように動いて雨戸をはずした。

さらに靭負の肩を押してうながし、雨戸の間を抜けて庭へ下りた。

月が出ている。庭は青白く照らされていた。歩き出そうとした柿色装束の男の足がぴたりと止まった。

月光に照らされてひとりの武士が庭に立っていた。この男も黒頭巾をしているが着物や袴は尋常なものだ。柿色装束の男は腰を落とし、大刀の柄に手をかけながら、

「貴様、目付か」

と質した。

黒頭巾の男は何も答えない。

無言のまま、ふたりは睨みあった。柿色装束の男は不意に跳躍《ちょうやく》した。脇差を手にし

たまま片手で大刀を抜くと、黒頭巾の男に斬りかかった。

がっ、がっ。刃を打ち合う金属音が響いて青い火花が散った。月明かりの下、柿色装束の男は二刀を旋風のようにまわして斬り込んでいく。

黒頭巾の男はこれを冷静にあしらっているのが、靭負にも見てとれた。黒頭巾の男の剣はことごとく、〈受け〉の太刀だった。柿色装束の男の斬撃を受けて、しのぎながら、しかも一歩も退いていない。

黒頭巾の男は相手の攻撃を受け切ったところから、攻めに転じるのではないか。靭負がそう思って見ていると、黒頭巾の男の〈受け〉が変わってきた。

柿色装束の男の斬り込みを巌《いわお》のように弾き返し、反撃の機をうかがっている。柿色装束の男が地面から跳ねあがるような剣を見舞ったとき、黒頭巾の男はそれまでと違って相手の刀を思い切り叩きつける豪剣を見せた。

次の瞬間、黒頭巾の男は踏み込んで刀を上段に振りかぶり、初めて攻撃の姿勢を見せた。すると柿色装束の男は呼吸を合わせたかのように、すーっと後退《あとじさ》った。

「もはや、勝負は見えたぞ」

柿色装束の男はそう告げると、刀を鞘に納めて、さらに後ろへ退いた。

間合いを出たところで、くるりと背を向けて跳躍し、垣根を越え、闇の中へ姿を消した。

柿色装束の男が去っても、黒頭巾の男はしばらく油断なく身構えていたが、もはやあたりに敵はいないと見定めたのか腰を落とすと刀を鞘に納めた。

黒頭巾の男はそのまま背を向けて去ろうとした。勒負は男の背中に向かって、

「そなた、精三郎か」

と声をかけた。男の背格好が精三郎に似ていると思った。あるいは精三郎は陰ながら勒負を護衛してくれていたのかもしれない。しかし、黒頭巾の男は一瞬、足を止めたものの、振り向かず、足早に立ち去った。

勒負は追おうとはしなかった。もし、精三郎だとしても、勒負を護衛していることはひとに知られたくないのだろう、と思ったからだ。さらに、柿色装束の男について、気にかかることがあった。

(あ奴《やつ》、声を作っていた)

柿色装束の男に自分は会ったことがあるのかもしれない、と勒負は思った。それとも、これから会う男なのだろうか。

勒負は丹波正之進の顔を思い浮かべた。これまで正之進を見かけたことはあっても、話したことはない。しかし、正之進だとすれば、溝渕半四郎を誰が殺めたか知ろ

うとする必要はないはずだ。

庭に佇んで考えをめぐらせる靭負を月光が照らしていた。

正之進を篠沢屋敷に招いて茶会をすると、又兵衛が伝えに来たのは、三日後のことだった。

「茶会は明日の午《うま》ノ刻（正午ごろ）からだ」

又兵衛はぶっきら棒に言った。

「明日だと、それはまた急だな」

靭負は首をかしげた。先夜、柿色装束の男が忍び込んだことと関わりがあるのだろうか。

又兵衛は鼻を鳴らして答えた。

「わしと正之進殿の非番の日がそこしかないのだ。閑を持て余している茶人のお主から文句を言われる筋合いはない」

靭負は表情を変えずに応じた。

「文句はないが、ひとつ頼みがある」

「なんだ」

「その茶会に千佳殿も伴いたい」

「先日、丹波承安様の屋敷にも伴ったではないか。また、千佳を連れていくというのか」

又兵衛は苦い顔をした。

「面倒をかけて千佳殿にはすまぬが、ちと考えるところがあってな」

靭負は素知らぬ顔で言った。又兵衛は、ふうむ、とうなった後で、

「お主、藤尾殿と正之進殿の間柄《あいだがら》を疑っておるのか」

「なぜ、そのようなことを言う」

靭負は又兵衛の目を見返して、逆に問うた。

「近頃、千佳はなぜかしら、藤尾殿に面差しが似てきた。実の父であるわしですら、はっとするときがある。お主、正之進殿に藤尾殿に似た千佳を引き合わせて心底を確かめたいのであろう」

靭負は、ふふ、と笑った。

「わたしはそれほどさもしいことは考えぬ」

さもしいと言われて、又兵衛は顔をしかめた。

「では、何のためにふたりを引き合わせるのだ」

「さて、なぜと言われても困るが、何とのう、千佳殿を伴えば、藤尾が正之進殿に会えるような気がするのだ」

「ほれ見ろ、やはり疑うているではないか」

又兵衛はあきれたように言った。

「疑っているということではない。もし、万が一藤尾と正之進殿の間に何事かあったとしても、わたしはふたりを会わせてやりたいと思う」

「ふん、そんなものか」

又兵衛は目をそらして庭を眺めた。靭負も黙って庭の木々を見つめる。しばらくして又兵衛は立ち上がって、

「では、茶会には千佳を連れて参れ。ただし、刻限には遅れるな。亭主役はわしだぞ、遅れたならば、茶など飲ませせないからな」

と言い放って辞去していった。

靭負は又兵衛を見送った後、庭に下りて青空を眺めた。

茶人としての靭負の号である孤雲を思わせるひとつだけの白雲がゆっくりと流れていた。

る。

翌日――

靭負は茶会に行く前に柏木屋敷を訪れ、千佳をともなった。卯之助が供をしている。

昨日のうちに手紙で報せておいたから、千佳は靭負が訪れたときには、身支度をととのえていた。

靭負はいったん客間にあがり、市太郎と春の挨拶を受けた。ふたりともかわいらしく思えて靭負は顔をほころばせた。

ふと、藤尾とともに、このような子を眺めるときがあればよかった、という思いが湧いた。

すでに精三郎は登城していた。茶を持ってきた千佳は、

「夫が父上様によろしくと申しておりました」

と言った。靭負はうなずいて訊ねた。

「精三郎は近頃、変わりはないか」

千佳はちょっと首をかしげたが、

「相変わらず、ご奉公に努めております」

とだけ答えた。そうか、と言って、靭負はそれ以上のことは口にしなかった。先夜

の黒頭巾の男は精三郎に違いないと日がたつにつれて思えてきた。精三郎には何か考えがあってのことなのだろう。しかし、精三郎が藩の秘事について何かを知っているのは確かなように思えた。

靭負は茶を喫した後、千佳とともに屋敷を出た。篠沢屋敷に向かいながら、靭負はしだいに緊迫した思いに包まれていった。やがて篠沢屋敷に着いた。

玄関で訪いを告げると、波津《はつ》が出てきた。波津は穏やかな笑みをうかべて、

「どうぞ、お上がりくださいませ」

と言った。

靭負と千佳を案内して渡り廊下を進みながら、波津は、

「正客の丹波様はすでにお見えでございます」

と告げた。靭負は中庭の椿に目を遣りながら笑って言った。

「さようですか。遅くなり、申し訳のないことです。亭主役の又兵衛は怒っておりましょう」

波津はおかしそうに口に手をあてた。

「それが、白根様は今朝早くにお越しになり、茶席の支度を女中に申付けられました

とのことで」

が、なにやら、ひどく固くなっておられました。お聞きしたところ、亭主役は初めて

千佳は胸に手をあてて眉をひそめた。

「やはり、そうでしたか。父はしたこともないことを無鉄砲にするひとですから」

案じる千佳に波津は笑顔を向けた。

「白根様は初の亭主役で羅漢《らかん》のように怖い顔をされておりますが、もともと茶は一期一会ですから、白根様のようなお気持ちで臨むのがよいのかもしれません」

波津は、茶人の孤雲様を前に出過ぎたことを申しました、と言ったが、靭負は頭を横に振って応じた。

「いや、仰せの通りです。きょうは又兵衛の茶を楽しみに参りました」

三人が話しつつ、待合に入ると、すでに正之進と浮島が座っていた。浮島は、白っぽい着物ではなやかな装《よそお》いだった。

正之進は靭負に頭を下げて、

「柏木様、おひさしぶりでございます」

と言った。靭負は会釈して正之進の傍らに座りながら、先夜の柿色装束の男が正之進ではないかと見定める目になっていた。

茶室から、又兵衛の、
——ごほん
というわざとらしい咳払いが聞こえた。

十九

懐石料理が出され、一休みしたところで、皆、そろって茶室に入った。

又兵衛は、釜の湯が沸いた一瞬を見逃すまいとするかのように、睨み据えていた。息を詰めているようだ。

しだいに顔が赤くなっているのは息苦しくなっているのではないか。靭負《ゆきえ》は、もっと気を抜け、と声をかけようとしたが、ちょうど湯が沸き出した。

又兵衛は大きく吐息をついてから柄杓《ひしやく》を手にした。指先が不器用に震えているらしく、釜に柄杓が当たる、かちかちという音が響いた。

それを誤魔化すつもりか、又兵衛は、ごほん、ごほんと何度も咳をしてみせた。咳をするつど、つばがあたりに飛んでいるのではないか、と靭負は思ったが、何も言わず、目を閉じて又兵衛の所作を見ないことにした。

やがて、又兵衛がどこから出しているのか、と思うほど気取った声で、

「丹波殿《たんば》」

と言った。勒負が目を開けて傍らを見ると、正之進の膝前に赤天目茶碗が置かれている。抹茶がひどく泡立っており、茶碗の縁に緑粉がこびりついていた。その癖、又兵衛はどうだ、と言わんばかりの得意げな目で正之進を見つめている。

正之進は、さりげなく茶碗をとった。

茶碗を手の中でまわして、茶の泡を消し、さらに喫した正之進は懐紙で縁をぬぐいこびりついた粉をとって、次席の勒負にまわした。

又兵衛が満足げに言った。

「なるほど、茶とは面白いな」

「そうか」

相手になるつもりがない勒負は受け流して茶を飲み、波津《はつ》に茶碗をまわした。だが、又兵衛はさらに講釈を続けた。

「そうではないか。言うなれば天地人、すべてがこの茶室にある。茶を点てる者の気概はあたかもこの世を呑み尽くそうというほどのものだ」

「まるで鯨《くじら》だな」

「そうだ。狭い茶室が一杯の茶によって大海原へと変わる。どうだ、一度、亭主を務めただけで、これほどの境地に達する者はめったにおるまい」

又兵衛が嘯《うそぶ》く。波津、浮島《うきしま》、千佳《ちか》と茶碗がまわる中、靭負はしかたなく答えた。

「まあ、めったにおらぬことだけはたしかであろうな」

隣の波津がくすくすと笑った。又兵衛が訝しげな目を向けると、波津は頭を下げた。

「いえ、あまりに大宗匠《だいそうしょう》同士の会話のようでございますゆえ、なんとのうおかしみがわいてしまいました。お許しください」

又兵衛は鷹揚《おうよう》にうなずいた。

「波津様は昔から笑い上戸でござるゆえ」

落ち着き払った又兵衛の言い方に末席で茶を喫した千佳がはらはらしたのか、

「父上、あまりに茶人めかした言い方をされては、似つかわしゅうございませぬ」

と諫《いさ》めた。しかし、又兵衛は平気な顔で笑った。

「何を言う。剣術の試合では、天下無双の武人の覚悟、茶会では天下の宗匠の気概で臨むのが心得というものぞ」

また、よいことを言ってしまった、と思ったのか又兵衛はにこりとして、ひとり悦

に入った。千佳の傍らの浮島が、

「白根様のお言葉、学ぶところが多いように拝聴いたしました。まことに結構な茶会だと存じます」

と愛想まじりに言って、千佳をなだめた。浮島の言葉に又兵衛は調子にのって身を乗り出した。

「いや、浮島殿はさように思ってくださいますか。まことにようおわかりじゃ。さすがに江戸屋敷でのお勤めが長かっただけのことはありますな。風流をよく解しておられまするな。のう、靭負、そうであろう」

又兵衛はなおも、話したい素振りを見せたが、靭負は苦笑して傍らの正之進に言った。

「又兵衛の茶の自慢話を聞いていてもしかたありますまい。丹波殿はわたしに申されたいことがおありとか。うかがいましょうか」

正之進は一瞬、息を呑んだが、やがて膝を正して口を開いた。

「されば申し上げましょう。柏木様にはせっかくのご帰国でござったが、国許には事情もございますれば、きょうより、十日の間に立ち退いていただきたい。その後、京、大坂、江戸などいずれに住まわれようともご勝手なれど、立ち去られたからには、また国許へ立ち戻られることはご無用に願いたい」

　正之進の言葉に一座の者たちは凍り付いた。

「十日か――」

　靭負は首をかしげた。又兵衛がまた武骨な手つきで茶を点て始め、

「つまり、靭負は追放ということになるな。家臣なら、どのような処遇であろうと甘んじて受けねばなるまいが、靭負は致仕いたして、いまは天下に名だたる茶人の身だぞ。軽々しく、追放になどいたせば、諸大名への聞こえも悪くなりはせぬか」

　と声を荒らげた。

「少々の悪評ならば覚悟いたしております」

「ふん、困ったときには、腹を切るという勢いだな」

　又兵衛が皮肉な目を向けると、靭負は手をあげて制して、

「又兵衛、丹波殿は真面目に仰せなのだ。茶化すものではない」

　と言うと、正之進に顔を向けた。

「もし、わたしが十日過ぎても出ていかぬときは、お斬りになるつもりか」

　正之進は正面から靭負を見据えた。

「無論のことでござる。藩の大事の前の小事にござる。柏木様も藩の要職にあられた

おりは、必ず同じことをなされたと存ずる」

「いかにもさようでしょうな。しかし、国を出ていくにしろ、いかぬにしろ、わけがわからずに動くのは納得がいきませんな」

靭負は鋭い目で正之進を見つめた。

「藩の大事と申し上げた。それ以上、申し上げることはない」

「ならば、亡きわが妻、藤尾《ふじお》のことはいかがでござるか」

「藤尾様のこと――」

正之進は虚を突かれたように、口ごもった。

「さよう、藤尾は不義密通の噂が立ち、わたしに問い詰められて自害いたしました。わたし救うてやれなかったのは、わたしの至らなさゆえであったと悔いております。わたしが此度《こたび》、帰国いたしたのは、その悔いゆえでございます」

正之進は押し黙って靭負を睨んでいる。靭負は落ち着いた様子で言葉を継いだ。

「されば、藤尾がなぜ死なねばならなかったのか、お教えくださるならば、十日後とは言わず、明日にでも国を出ましょう。ただし、そのお答えがないならば――」

「出てはいかぬと仰せか」

正之進は目を光らせて訊いた。

「いかにも」

靭負は動じないで軽く答えた。正之進は険しい顔をして口を閉ざしたが、やがて思い定めたように口を開こうとした。そのとき、浮島がさりげなく口をはさんだ。

「丹波様は相変わらずお気が短うございますこと」

正之進は眉をひそめた。

「浮島殿はわたしが短慮だと言われますか」

「短慮などとは申し上げません。ただ、黒でなければ白だと思われるようだと存じました」

「いかなる意味でございますか」

正之進は浮島に鋭い目を向けた。浮島はやわらかに笑った。

「それ、そのようにすぐにむきになられます。わたくしが申し上げたかったのは、柏木様は藤尾様のことで得心がいけば国を出られると申されたのでございます。お話はそこから始められたほうがよいのではありますまいか」

波津がうなずいて言葉を添えた。

「藩の大事とあれば、女子の口出すことではないかもしれませんが、わたくしも藤尾様のことは知りたいと思うております。家中の女子として、藩の大事に関わったおりに、いかに身を処したらよいのか、心得ておかねばなりませぬ」

正之進はしばらく考えた後、吐息をついた。

「藤尾様のことについては、お話しできることと、できぬことがございます。ただ、ひとつ申し上げるとすれば、藤尾様が亡くなられたのは、それがしの過《あやま》ちがもたらしたことといまも申し訳なく存じております」

「ほう、あっさりと認めたな」

又兵衛は点てたばかりの二杯目の茶をとって、ゆっくりと飲んでから言った。自分のために点てた茶だったらしい。

正之進はきっとなって又兵衛を見つめた。

「認めたとはいかなることでござる」

「藤尾殿と不義密通いたしておったということではないのか」

又兵衛は平然と言ってのけた。

「白根様、言葉が過ぎまするぞ。わたしは藤尾様と密通いたしたなどとは言っておりませぬ。ただ、それがしの過ちがなければ藤尾様は亡くなられることはなかった、と申し上げたのです」

「わかりにくい。はっきりと言わねば、靭負を得心させることなど到底できぬぞ」

又兵衛はそう言うと、またのどが渇いたのか、三杯目の茶を点て始めた。

靭負は苦笑した。

「又兵衛、さようにおのれのためばかりに茶を点てるのは、茶会の亭主としてはいかがなものかな。亭主はまず、客をもてなす心を持たねばならぬ」

「だからこそ、丹波殿が話しやすいようにいたしておるのだ。亭主の慮りがわからぬようでは、靭負の茶の道もまだまだじゃな」

又兵衛が大威張りで言うと浮島がくすりと笑った。

「白根様の申されようを聞いておりますと、柏木様とどちらが名高い茶人なのかわからなくなってしまいます」

又兵衛は浮島が自分のことを話題にしてくれたのが嬉しかったらしく、

「まあ、世間の評判などはあてになりません。きょうの茶会なども見るべきひとが見れば、味わいのほどはわかりましょう」

千佳がたまりかねたように口を挟んだ。

「父上、丹波様が大切なお話をされておりますのに、さような戯言《ざれごと》を申されてはお邪魔になりましょう」

波津がほほ、と笑った。

「千佳様、さように案じられなくとも、大丈夫でございます。白根様は武人の茶事をされておいでなのだと思いますから」

「父の亭主ぶりは武人の茶なのでございますか」

千佳が首をかしげると、波津はゆったりと話した。

「昔、茶の手ほどきを受けた師匠から、細川三斎《ほそかわさんさい》公の故事をうかがったことがございます」

三斎とは、細川忠興《ただおき》の号である。

「三斎公は、近頃の茶の湯は家職を忘れ、隠遁《いんとん》者の真似をして武家でも肝心《かんじん》の武道を粗略にする者が多いとお嘆きだったそうです」

領国の熊本に近い島原《しまばら》でキリシタン一揆《いっき》の〈島原の乱〉が起きた際、三斎の三男で熊本藩主の細川忠利《ただとし》が出陣した。この際、三斎は忠利を茶席に招き、

――籠城《ろうじょう》程、攻めにくき物ハ無之。武士の病なり。


と城攻めの難しさを説き、さらに武者が取ってきた首の見分け方について語った。

すなわち、戦場で相手を討ち取って持ってくるのが本当だが、中には恩賞を得ようと

死骸の首を切り取ってくる者もいた。このときは首からの流血を見るのだと三斎は言った。

――生首ハたらたらト血流れ、死首ハ流れず候《そうろう》。

血が流れるほうが、討ち取った首なのだという。風雅な茶席にはふさわしくない話だが、三斎はあえて武門の茶事はこのようなものだ、と示したのだろう。

波津の話を聞いて、又兵衛がぴしゃりと膝を叩いた。

「なるほど、さすがに武辺で鳴らした三斎公は茶事にも武門の道を見出しておられたのだな」

正之進もうなずいた。

「茶席にて殺伐《さつばつ》たる話をするのはいかがかと思いましたが、武家の茶事ならば、やむを得ぬことかもしれません」

「さようです。武家に限らず、茶は常に命をかけて飲むものだとわたしは思っております」

靭負が言葉を添えた。

正之進はいったん目を閉じてから、観念したように、

「それがしの過ちとは、駒井様の家士、溝渕半四郎を殺《あや》めたことでござる」

と言った。靭負の目が光った。

二十

わが父丹波承安《しょうあん》が藤尾様を屋敷での夜咄《よばなし》の茶会に招いた経緯《いきさつ》はすでにご存じのことかと思います。

有体に申せば、当時のご家老駒井石見《いわみ》様が柏木様の政敵であった土屋左太夫様とわが屋敷にて話し合われ、その中身をわたしにも了解させる談合のための茶会でございました。その茶席に藤尾様をお招きすると父が言い出したときは困りました。しかし、何分にもひとに知られてはならない談合を行うだけに、女人が茶席にいた方がひとに怪しまれぬとも思い、父の思い通りにことを運んだのです。

夜咄の茶会とはまことに不思議なもので、藤尾様がおられるだけで、茶室の空気が変わり、皆、妖しくも陶然とした心持ちになりました。かく言うわたしも申し訳なきことながら、藤尾様の美しさに見惚《みと》れておりました。

茶会が終わり、酒に酔った父が寝込んだ後、深更《しんこう》におよぶまで駒井様と土屋様、そしてわたしも加わっての話し合いがありました。はっきり申し上げれば、その場で柏木様の失脚と土屋様が家老になられることが決まったのです。

緊張で重苦しかった話の後、わたしは就寝いたしましたが、なかなか寝付かれず、目覚めて台所まで水を飲みに行き、部屋に戻ろうとしたとき、渡り廊下越しに見えた茶室の戸が開いて、何かが動くのが見えた気がしました。

わたしは嫌な予感を覚えて庭に下り、下駄を履いて茶室に向かいました。いったんは寝床に入ったので身に寸鉄《すんてつ》も帯びておりませんでした。

月が青白く茶室を照らしていました。

茶室のにじり口の戸に手をかけたとき、中からひとが揉み合う音と女人の悲鳴が漏れ聞こえました。驚いて茶室に入ったわたしは開けられた窓から差し込む月光の下、溝渕半四郎が藤尾様を押さえ込んでいる光景を見たのです。

「何をしておる。離れぬか」

わたしが怒鳴りますと、半四郎はぎょっとした顔で振り向き、藤尾様を押さえつけていた手をゆるめました。その隙に藤尾様は跳ね起きました。半四郎は羽織袴姿で、藤尾様は昼間と同じ着物姿でした。

藤尾様は畳の上に落ちていた書状を素早く拾って、わたしにすがられました。書状をわたしに差し出した藤尾様は、

「寝付かれなかったものですから、庭に出て月を見ておりましたら、茶室に灯りがついておりました。何だろうと窓からのぞきますと、この方が手燭の灯りで書状を読まれていたのです。そして、わたしが窓からのぞいていることに気づくと茶室から飛び出てきて、わたしを引きずりこんで、乱暴されようとしたのでございます」

と息を切らしながら話されたのです。書状を見て、わたしは半四郎が何をしていたかがわかりました。さらに、そのことがばれるのを恐れて藤尾様を手籠《てご》めにして口封じしようとしたのです。

わたしは憤りで目がくらみそうになりました。半四郎が書状を見ていたことへの怒りは当然のこととして、藤尾様に手をかけていたことが何よりも許せませんでした。

半四郎は、おびえた様子で、

「これには仔細がございます」

と言いましたが、わたしは聞く耳を持ちませんでした。いきなり、半四郎に飛びつくと、相手の腰の脇差を抜き取り、そのまま胸をえぐるように刺したのです。

半四郎はうめいて倒れました。うつ伏せになった半四郎の体の下から血がじわじわ

と流れ出すのを見て、わたしは自分が憤りのあまり、失態を犯したことを覚りました。半四郎はとらえて詮議《せんぎ》をいたすべきだったのです。

しかし、後悔しても殺めてしまった者が生き返りはいたしません。

わたしは駒井様と土屋様が寝ておられる部屋に行って半四郎を死なせたことを話し、後始末をお願いいたしたのです。

その間に藤尾様を城下にお戻しいたしました。藤尾様はわたしが自分を助けるために半四郎を手にかけたと思ったのか青ざめていました。

わたしは藤尾様を送った後、ふたたび屋敷に戻り、駒井様と土屋様とともに、どうすべきか話し合いました。そして半四郎の遺骸は省吾《しょうご》が始末いたし、病死ということにいたしたのです。

それで、収まるかと思いましたが、半四郎の遺骸を始末した後、わたしは二度ほど藤尾様にお目にかかり、ことの次第を話して半四郎のことは秘するようにお願いいたしたのです。

その際、屋敷にお出でいただいては、ひと目に立ちますゆえ、たがいに面体を隠し、城下の料理屋にてお会いしたのです。

無論、酒など飲むはずもなく、お話をいたしただけですが、料理屋から屋敷へ戻られる際、藤尾様は誰ぞの目にふれたのかもしれませぬ。その後、藤尾様にまつわる不義密通の噂が流れました。

土屋様の派閥が流したとお疑いかもしれませぬが、お話しいたした通り、土屋様はすべてをご存じゆえ、さようなことはなさいませぬ。

藤尾様はあらぬ疑いをかけられながら、わたしの屋敷で何が起きたのかを口にされることなく、ついには自害して果てられました。

すべてはわたしの過ちが引き起こしたことでございます。さらに申せば、不運が重なり合ったとしか申しようのないことです。

正之進は唇を噛んで話し終えた。

「なにもかも不運のせいにするわけにもいきますまい」

靭負がぽつりと言った。

「それがしが責めを負うべきだということは重々、わかっております」

正之進が言うと、浮島が何事か考えながら、口を開いた。

「溝渕半四郎というひとが盗み見ていたのは、密書でございましょうか」

正之進は表情を硬くして答えた。

「それは言えぬ」

ふん、と又兵衛が、鼻を鳴らした。

「どう見ても、密書としか思えぬ。その秘密を守るために藤尾殿を死なせたのか。酷い話だ。どうせなら、どのような密書か打ち明けてもよいのではござらぬか。さすれば、靭負も納得しよう」

又兵衛の言葉にも正之進は押し黙ったままだ。靭負が、はは、と笑った。

「又兵衛、意地の悪いことを申すな。密書の中身はわからぬが、だいたいのことは察しがつこう」

「お主にはわかるというのか」

又兵衛は鋭い目を靭負に向けた。

「丹波様のお屋敷での談合はわたしを失脚させるためのものだった。そこにあった密書はおそらくそのことに関わりがあろう。それゆえ、丹波殿は口をつぐんでおられるのだ」

靭負はあっさりと言った。又兵衛は大きくうなずいた。

「なるほどな、そうに違いあるまい。だとすると、藤尾殿に半四郎の一件を秘するよう頼んだというが、まことは談合が靭負に知られることを恐れて口封じしたということではないのかな」

正之進は身じろぎした。

「断じてそのようなことはござらん」

浮島がため息をついた。

「まことにさようでございましょうか。江戸藩邸でも奥女中がついつい、重役方の話を漏れ聞いてしまったりすることはございます」

浮島はちらりと正之進を見て言葉を継いだ。

「そのようなとき、秘事を知った奥女中は理由を設けて、国許へ戻されたりするのは良い方で、時には些細なことでお咎めを受け、追放になったりしたこともございます。藤尾様の身に降りかかったのが、さようなことでなければよかったのですが」

問いかけるような浮島の言葉も耳に入らぬかのように正之進は何も言おうとはしない。その様子を見て、靭負は口を開いた。

「わたしもかつては藩の大事にふれたことがある身です。丹波殿がお話しされたことで、およその推察ができたところもございます。されど、だからこそ、得心するまで国を出るわけには参らぬのです」

「では、どうあっても」

正之進の口調に殺気がこもった。

「先夜、わたしの庵に頭巾で顔を隠し、忍びこんだ者がおります。目付《めつけ》からの報告は上がっておりますか」

「なんと」

正之進はぎょっとした様子で頭を横に振った。靭負はさもあらん、とうなずいた。

「曲者《くせもの》はわたしに溝渕半四郎を斬った者は誰かわかったか、と問いました。どうやら溝渕半四郎を殺した者を突き止めようといたしておったようです」

「それは、また――」

顔をしかめた正之進は考えをめぐらしてから、言葉を継いだ。

「藩の大事を探ろうとしている者が柏木様のほかにもおるようですな」

正之進は本当に曲者については、知らないようだ。だとすると、曲者から守ってくれた黒頭巾の男は誰だったのか。背格好から精三郎ではないか、と思ったが、精三郎なら土屋家老か正之進の命で動いているはずだ。

靭負は胸中での思案を面《おもて》には出さず、

「丹波殿、わたしは、やはり、藤尾がなぜ何も言わずに自害したのか、いまひとつ納得がいきません。たしかに藩の大事を知り、丹波殿から口止めされたのでございましようが、夫婦のことですから、何事かを伝えることはできたのではありますまいか」と言った。正之進が顔をそむけると、靭負はさらに話を続けた。

「しかし、藤尾はそうしようとはしなかった。藤尾の心に何があったのか、わたしは知りたいと思うのです」

又兵衛が新たに茶を点てた茶碗を取ると、正之進の膝前に置いた。

「まことは丹波殿をかばって藤尾殿は自害したのではないかという疑いが、靭負にはあると思うたがよいぞ」

正之進は激しく頭を振った。

「白根様、さようなことは決してありませぬ」

「そう、丹波殿が思いたいだけのことではないのか。わしの年まで生きてくるとわかることがある。ひとの心は恐い。どのような魔物が棲《す》むか、誰にもわからぬものだ」

波津が口を手で押さえて、ほほ、と笑った。

「白根様より、わたくしの方が少し年上でございましょうから、申し上げますと、ひとの心には魔物も棲みますが、神も宿ります。わたくしは藤尾様の心には神が宿ったのではないかと思っております」

千佳は波津の言葉を聞いて、ざわめいた胸が静まるのを感じた。そして、山月庵に泊まった夜のことを思い出した。

あたかも朧月のような夜空の滲んだ月を見上げたおりには何もかも欲し奪わずにはいられない魔物が入り込む隙が心にあったかもしれない。しかし、それは一瞬のことで、すぐに胸中は違う思いに満たされた。あの思いは、ひとをいとおしみ、すべてを与えたいと願う一途《いちず》な心持ちだった。

波津が言う心に宿る神とはあのようなものだったのだろうか。千佳はあらためて自らの胸に問うてみたいと思った。

千佳がそんな思いにふけっていると、靭負は寂《さ》びた声を発した。

「もはや、丹波殿にはこれ以上のお話はないかと思います。されば、わたしの存念を申し上げます」

靭負の言葉に皆が緊張した面持ちで耳を傾けた。

「明日から七月でございます。七月は文月《ふづき》と申しますが、別に七夜月《ななよづき》ともいうのはご存じでありましょう。唐《から》の国の言い伝えでは七月七日、七夕の夜に牽牛《けんぎゅう》と織女《しょくじょ》が一年に一度の逢瀬《おうせ》をするということです」

靭負は何事か思い出したように口をつぐんだが、吐息をもらしてから話を続けた。

「されば、わたしは明日の夜から、七夜の間、庵にて藤尾を偲《しの》んで茶を点てようと思います。七夜目には、すべてを知るひとが庵を訪れて、わたしに藤尾の心を伝えてくれると思います」

靭負が言い終わると、目を怒らせて正之進は膝を乗り出した。

「それは、七夜目にわたしにすべてを話せとの仰せのようですが、わたしには、もはや申し上げることはございません。七夜も茶を点てるのは無駄でございますぞ」

靭負はにこりと笑った。

「わたしも丹波殿がお見えになるなどとは思っておりませぬ。すべてを知るひとと申し上げたはずだ」

「なんですと、まさか——」

正之進は息を吞んだ。

「もし、お出でいただけぬようであれば、七夜で茶は終らず、点て続けることになりましょう。そのときは丹波殿、自らお出ましになり、わたしを斬られるがよい」

靭負の声は茶室に凜々《りんりん》と響き渡った。

二十一

翌日から、靭負は昼間、近くの谷川まで清水を汲みにゆき、点前の支度をした。訪れた千佳に、茶室の設えを頼んで、

「文月の点前は涼を楽しむ。風の通り道を慮り、簾や露地の打ち水などに心を配らねばならぬ。さらに暑さの中を訪れた客が茶の前に水を望むかもしれぬ、あるいは、水にひたした冷たい手ぬぐいで汗をぬぐいたいであろうと心配りするところから点前は始まるのだ」

と教えた。そして靭負は自ら筆を執り、

――和敬清寂《わけいせいじやく》

と認《したた》めた短冊《たんざく》を床の間に置いた。千利休が茶湯の精神とした言葉だという。

靭負は毎夜の茶事を同じ趣向では行わなかった。掛物を替え、花を違うものにし、さらに一日ごとに別な茶碗を用意した。

千佳は毎夜、茶を点てる靭負を見守ってから、屋敷へと戻っていった。そのうちに、靭負が国を出て、茶人としての道を歩みだしてからの日々を茶事に託しているのがわかってきた。

靭負は時折り、手帳を開いては読みふけっていた。千佳が見せてもらったところ、そこには、

一、茶の湯は深切に交る事。
一、礼儀正しく和《やわ》らかにいたすべき事。
一、高慢おおくいたすまじき事。
一、茶湯者の茶人めきたるはことの外にくむ事。
一、客の心に合ぬ茶湯すまじき也、誠の数寄にあらず、我が茶の湯と云処を心得専要、又客に手をとらする事あしく候。

などと箇条書きにされていた。

利休の師である茶人武野紹鷗《たけのじょうおう》が記した茶の湯の心得だという。韌負は茶人としての初心に返ろうとしているのだ、と千佳は思った。

一日目の茶事は無骨で心持ちの荒々しさがうかがえ、二日目になると隠忍自重の気配が漂い、重苦しかった。

三日目には、ようやく、手探りで何かを探そうとする創意工夫が見られた。だが、四日目には工夫が外連《けれん》となり、あざとくこれ見よがしになった。

五日目になってようやく静謐さと質朴さが戻ってきた。もはや世間を見ておらず、おのれの内面をのみ、しっかりと見据えているようだった。

そして六日目になって、千佳は支度を手伝いながら、ふと心楽しさを覚えた。そろえる道具や設えに茶を楽しむ心が表れていたのだ。

（父上が茶を楽しむ境地に達されたのは、近頃のことだったのかもしれない）

そう思うと、国を出て十六年、ひとり生きてきた靭負の孤独が思い遣られて千佳はせつなかった。

そんな六日目の夜、又兵衛がひょっこりと山月庵を訪れた。千佳が出迎えると、又兵衛はいつもと変わらぬ飄々とした様子ながら、茶室に入る前に大刀を預けようとはしなかった。又兵衛はずいと茶室に入った。靭負は振り向かずに、

「七夜の茶はひとのためには点てぬと申したはずだぞ」

と言った。又兵衛は無愛想に、わかっておる、と言った。

六夜の間に蠟燭《ろうそく》は短くなっており、茶室は薄暗かった。

「暗いな」

又兵衛がつぶやくと、釜の前に座った靭負はあっさりと答えた。

「わざと暗くしておるのだ」

「なんだ、蠟燭の費えを惜しむのか。よほど吝嗇《りんしょく》なのだな」

又兵衛は床の間に目を走らせた。この日は靭負自筆の短冊ではなく、

郭公鳴《ほととぎす》きつる方をながむれば　ただ有明《ありあけ》の月ぞのこれる

と書かれた軸が掛けられている。

「なるほど、有明の月を待つ心で茶を点てるということか」

「そういうことだ」

靭負が答えると又兵衛は縁側に向かって座り、大刀をかたわらに置いた。他家を訪問した武士が刀を携えている場合、抜き打ちをしないという証に右側に大刀を置く。しかし、又兵衛は左側に置いた。

靭負は又兵衛の刀をさりげなく見てつぶやいた。

「そうか、又兵衛はわたしを斬りにきたか」

又兵衛はあごをなでて、

「ま、そういうことだ。しかし、安心しろ、ひとりでは逝《い》かせぬ。あの世へは、わしが後からついていく」

と答えた。待合にいた千佳はふたりのただならぬ言葉にはっとしたが、茶室には入

れない。すでに殺気が満ちていた。

「わたしを斬った後、腹を切るのか」

又兵衛はぽりぽりと首筋をかいてから話した。

「先日の丹波殿の話でおおよその察しがついた。藩としては何としてもお主を追い出したいのだ。それゆえ、四日後には丹波殿がお主を斬りにくることになろう」

「丹波殿にわたしを斬らせたくないゆえ、お主が斬るということか」

又兵衛は、ふふ、と笑った。

「丹波正之進はまだ若い。これから藩の柱石ともなる逸材だ。それに比べれば、わしは老いた駑馬《どば》だな」

「なるほど、そうであろうな」

靭負はさらりと言った。又兵衛は顔をしかめて、

「さようなことはないぞ、とは言わんのか」

「おのれが言ったことは、取り返しがつかぬものだ」

又兵衛は苦い顔になったが、思い直したように口を開いた。

「まあ、それはともかく。御家にとっては、ここらで決着をつけたほうがよさそうだ。お主にしても藤尾殿の心のほどはわかったであろう」

「ああ、わかったと思う」

「ならばそろそろよかろう」

又兵衛はしみじみとした目で靭負を見つめた。靭負はふっと笑った。

「お主は相変わらず愚直だな」

「なんだと」

「藩のお偉方からは、頑固者と疎まれながら、藩の大事と知るや友を斬り、身を捨てようとする。頼まれもせぬのにご苦労なことだ」

又兵衛はむすっとして靭負を睨んだ。靭負は又兵衛を諭《さと》すように、

「だが、まず、わたしの話を聞け。わたしを斬ることで又兵衛の義が立つというなら、斬られてやってもよい。しかし、そうはならぬとわたしは思っている」

「言い逃れではないのだな」

「無論だ。この庵に曲者が忍び込んだ話に偽りはない。あの者は溝渕半四郎の死に関わる藩の大事を探ろうとしていた。もはや、丹波正之進殿の手の届かぬところで事態は動いておるのだ」

「なるほど」

又兵衛はあごをなでて考え込んだ。靭負はさらに話を続ける。

「どうも、わたしが帰国して藤尾のことを調べ始めたことで、いままで寝ていた虎の尾を踏んだようだ。だとすれば、虎の始末はわたしがつけるしかあるまい」

「ほう、一介の茶人のはずが、勇ましいことだな」

「茶の湯とはせんじ詰めれば茶を飲み、ひとが和することだ。ひとの和を乱そうとする者は茶人の敵だ。わたしは茶人として敵と戦わねばならぬ」

「ははっ、茶人となっても武人の性根は失っておらぬようだな」

又兵衛はおかしそうに笑った。靭負は真面目な顔で答えた。

「いや、茶人は千利休様以来、常に世と戦っておる。争いをやめ、茶を飲めと白刃《はくじん》を振りかざす者たちに言い放つ者こそが茶人なのだ」

又兵衛は何も言わなかったが、待合の千佳は、靭負の言葉で、あの、和敬清寂という言葉にはそのような思いが込められていたのか、と得心した。これから靭負の茶の心での戦いが始まるのだ、と思うと千佳は胸が震えた。

又兵衛が来たときと同様にふらりと帰っていったのは、それから間もなくのことである。千佳も又兵衛が去ってから山月庵を辞去した。

卯之助《うのすけ》が提灯《ちょうちん》を手に供をした。

庵を出てしばらくしてから千佳は振り向いた。山に月がかかり、山月庵は闇に埋まっているが茶室の灯りだけがかすかにゆらめいていた。

千佳は何となく頭を下げてから屋敷への夜道をたどるのだった。

この夜、屋敷に戻った千佳は言い知れぬ不安に耐えられず、精三郎にすべてを話した。黙って聞いていた精三郎は、千佳が漏れ聞いた靭負と又兵衛の会話を知るなり、

「父上はやはり――」

と声をあげた。驚いた千佳が、

「いかがされましたか」

と問うと、精三郎は澄んだ笑顔になった。

「いや、父上は、お偉いとあらためて思うたまでだ」

精三郎の声には感嘆の響きがあった。

千佳は精三郎が何に感銘を受けたのかよくわからないままに、これほど親密に夫と会話するのはひさしぶりだという感慨を抱いた。

千佳はなにげなく訊いた。

「もし、此度の一件が落着いたしましたならば、父上にこの屋敷にお移りいただき、子供たちともども、皆で暮らすというわけには参りませぬでしょうか」

しかし、精三郎の答えはにべもなかった。

「それは無理であろうな」

千佳は気落ちした。

「やはり、この屋敷に父上がお移りになるのは無理でございましょうか」

「いや、父上はあるいは来られるかもしれぬ。しかし、そのときには——」

精三郎は答えを濁《にご》した。

千佳はこのとき、日ごろ、穏やかな精三郎が常にない厳しい目をしていることに気づいた。精三郎が言おうとしたのは、たとえようもないほど陰惨なことではないか、という気がした。

(旦那様は何をおっしゃろうとされたのだろう)

千佳は暗い淵を覗き込んだような戦《おのの》きを覚えた。


七日目の夜になった。

空では月が皓々《こうこう》と照っていた。

この夜、靭負は千佳とともに茶事の支度を早々に終えると、何者かを待つように茶室に端座した。

軒下には涼を呼ぶため、鉄の風鈴《ふうりん》を吊っている。

千佳は待合に控えながら、はたして今夜、靭負が待つひとは現れるのだろうか、と不安な思いに包まれていた。

もし、現れなければ、靭負は正之進の手にかかって果てるのだろうか。いや、その前に父の又兵衛が靭負を斬り、さらに自刃するかもしれない。いずれにしろ血が流れ、たいせつなひとが失われることになる。

庵の外をうかがっていた卯之助が、あわてた様子で待合に来て茶室の襖を開け、

「お供を従えた駕籠が近づいてこられます。お武家のようですが、今夜のお客様でございましょうか」

とうかがいを立てた。

「そうだ」

靭負はひと声答えると、立ち上がって、待合から板敷を通って、土間に下りると、そのまま戸口を出た。千佳と卯之助も靭負に従った。

見ると提灯を持った足軽が先導して黒い塗駕籠が近づいてくる。脇には山岡頭巾をかぶり、羽織袴姿の身分ありげな武士が付き添っている。

靭負は戸口の前で片膝をついて、待ち受けた。

やがて、駕籠が庵の前で止まった。足軽が駕籠の戸を開け、雪駄《せった》を地面に置いた。

駕籠の人物はゆっくりと身を乗り出し、雪駄を履く。

駕籠脇の武士と同様に山岡頭巾をかぶって脇差だけを腰にしている。背丈は六尺を越す巨漢でがっしりとした体つきだ。

片膝をつき、頭をたれて控えている靭負に目を留めた武士は、

「ひさしいな、柏木靭負。今宵はそなたの点前で茶を飲みに来たぞ」

と言って、からりと笑った。

「恐れ入り奉ります」

靭負はさらに深々と頭を下げてから、駕籠脇の武士にちらりと目を走らせた。駕籠脇の武士はうなずいて、

「案内《あない》いたせ」

と言葉短く言った。靭負は、承り申した、と答えて、巨漢の武士を庵に招じ入れた。武士は物珍しげに庵の中を見まわしながら、茶室へと入った。

茶室には燭台が灯され、床の間の花入れにいけられた桔梗《ききょう》の薄紫の花を淡く照らし出していた。

武士は勧められるまでもなく正客の座にどっかと座った。駕籠脇の武士が、失礼申し上げます、と頭を下げてから相伴席に座った。千佳と卯之助は待合に控えた。武士

の供たちは庵に入らず、露地で待機するようだ。

靭負は釜の前に座った。炭はすでに熾《おこ》っている。武士たちは山岡頭巾を脱いだ。駕籠に乗ってきた武士は眉や目、鼻、口のいずれもが大きい大づくりの顔だ。年のころは五十を過ぎているように見えるが、肌の色艶もよく壮健《そうけん》そうだった。黒島藩主の、

――黒島興長《おきなが》
だった。駕籠脇の武士は、家老の土屋左太夫である。興長は靭負ににこやかな顔を向けた。

「柏木は、高名な茶人になったそうだが、ひとに譲らぬところは変わっておらぬようだな。土屋や丹波正之進を困らせておるそうではないか。おかげでわしまで出てくることになったぞ」

快活な言い方だったが、わずかに苦いものが含まれているようだった。左太夫が興長に一礼して言葉を添えた。

「殿にお出まし願うとはまことに不遜ではないか。茶人となって、家臣としてのわきまえを無くしたのか」

靭負はゆっくりと頭を振った。

「いや、さようなことは毛頭ございませぬ。ただ、わたしが帰国して起きたことの始末をつけるには、こうするよりほかにない、と存じたしだいです」

興長が鋭い目で靭負を見た。

「正之進はそなたを斬ることにより、禍根《かこん》を断とうとしておる。それももっともなことだとわしは思っているぞ」

「まことに仰せの通りでございます。されど、先夜、この庵に曲者が忍び入り、丹波屋敷にて溝渕半四郎を殺めた者の正体を探ろうといたしておったことは、お耳に達しておりましょうか」

靭負はうかがうように興長を見た。

「聞いたぞ。だからこそ、そなたの始末を急がねばならぬと正之進は申しておるのだ」

「それは、すでに遅きに失しておるかと存じます」

ひややかに靭負は言ってのけた。

「なんだと」

興長の頬がわずかに赤らんだ。

気に入らないことを聞いたときの、興長のいつもの表情であることを靭負は知っていた。だが、臆することなく、靭負は言葉を継いだ。

「それがしが帰国いたしました直後に斬り捨て、病ということにすればともかく、これまで藤尾のことを探って多くのひとに会っております。さすれば、いま、それがしが死ねば藩の大事にふれようとしたからであることは明らかでござる」

左太夫が低い声で言葉をはさんだ。

「死人に口なしと言うではないか。たとえ、どのように噂されようとも、肝心のそなたがおらねば騒ぎようはあるまい」

「ならば、溝渕半四郎を殺めた丹波正之進殿も死なねばならなくなる。正之進殿はすでに覚悟を定めておられようが、父親の承安様はそうはいかぬ。嫡男が死ねば、必ず騒ぎ立てよう。それがうるさいと、口封じのため承安様を殺せば、それこそ、隠しようもない御家騒動ということになってしまうぞ」

靭負に決めつけられて、左太夫はぐっと詰まった。興長が、やれやれ、とつぶやいて、ふたたびにこやかな笑顔になって訊いた。

「ならば、そなたはどうせよというのだ」

靭負は興長に向き直って手をつかえた。

「殿のお気を煩《わずら》わしとうはございませんゆえ、わたしから申し上げます。かつて丹波様の屋敷で不慮の死をとげました溝渕半四郎なる者は、幕府の隠密《おんみつ》だったのではございませんか」

興長はむう、と唸って黙った。靭負はさらに話を続ける。

「それも幕府がひそかに、各大名家にひそませ、それぞれ大名家の家臣として代々仕えながら、隠密としての任務を果たす〈草〉と呼ばれる者であったかと思われますが、いかがでしょうか」

興長はちらりと左太夫の顔を見た。左太夫が眉間にしわを寄せて、頭を下げると、興長は口を開いた。

「さすがに柏木靭負だな。よう見た。たしかに溝渕半四郎は幕府の隠密の〈草〉であった。そして、わが藩にはほかにもまだ〈草〉がひそんで、半四郎が斬られた一件を探っているようだ」

興長の言葉を靭負は目を閉じて聞いた。

夜風に風鈴の音が響いた。

二十二

「柏木は政争に敗れて失脚したおりは、随分と落胆したであろうな。どうじゃ、遠慮せずに申せ」

興長は、茶を喫しながら、幕府の隠密の話をそらすように言った。靭負《ゆきえ》は少し考えてから答えた。

「何も思わなかったと言えば嘘になりましょう。されど、それがしは力及ばず、土屋殿に敗れたのでござる。いたしかたございませんでした」

ははは、と興長は笑った。

「さようなことはない。そなたは土屋との争いで勝っておった。藩の大勢はそなたにつこうとしていた。しかし、思わぬことで躓《つまず》き、土屋はたまたまの勝ちを拾ったにすぎぬ」

興長の言葉に左太夫は苦い顔をしたが、口はさしはさまなかった。

靭負はうかがうように興長の顔を見た。

「それがしの躓きと幕府の隠密には関わりがあるということでございますな」

はっきりと興長はうなずいた。

「いかにもそうだ。有体に申せば、そなたを失脚させたのは、わしだ」

興長は平然と言ってのけた。靭負は眉ひとつ動かさずに聞いた。

「此度、国に戻って、ひとから話を聞くうちに、さようではないかと思うようになりました。しかし、なぜでございましょうか。いまだに、わからずにおります」

「柏木が知らぬところで起きたことであったゆえな。とは、申してもそなたに責めがまったくないというわけではないぞ」

興長の口調に厳しさが籠った。靭負は膝に手を置いて頭を下げた。

「いかようなることかお聞かせ願えましょうか」

「十七年前、そなたは、やりすぎたのだ。あのおり、わが藩は江戸屋敷が火事で焼け、しかも将軍家から国役を命じられそうになって窮地に陥った。わしはそなたを藩邸の修復と国役を逃れるために国許から呼び寄せた」

「さようでございました。思わぬ大役を仰せつかり、身の内が震える思いだったのを覚えております」

靭負は昔を思い出すように言った。

「そなたは見事に役目をはたしたが、思うさまに辣腕《らつわん》を振るったことが、思わぬ波紋を広げたのだ」

興長は静かに言った。

「わたしの失脚は、わが藩が国役を免れたことに関わりがあったのでございますか」

靭負は息を呑んだ。

「そうだ。わしは国役を免れるため老中方への働きかけをまかせた。そなたは、老中方をまわって首尾よく国役を免れることができた。しかも、そなたが老中方への土産代として使った金子《きんす》は二、三百両ほどにしか過ぎなかった。わしはおそらく千両は使わねばなるまいと覚悟しておったから、そなたの辣腕ぶりに感心したものだ」

さりげない口調で興長は言った。靭負は目を閉じてつぶやいた。

「しかし、それだけではすまなかったのでございますな」

「そうだ。そなたは金を使うかわりに、ある物を使ったな。そのことをわしに話さなかったのは、万が一の場合、わしに咎が及ぶのを避けるためであろう」

たしかめるように興長は靭負を見つめた。

「さようにございます。それがし、殿の命により出府いたす途中、京に立ちより、茶道の師であった如心斎《じょしんさい》様にお会いしました。老中方への手土産によき茶器などを求めるお世話をいただけないかと思ったのでございます」

靭負はうなずくと当時のことを思い出しながら話した。

十七年前——

靭負が京の如心斎を訪れて出府する目的を話すと、しばらく黙った如心斎は、

「さようなことであれば、よき茶器を探してもよろしゅうございますが、まずは、すがるお方をどなたにするか考える方が先ではありませんかな」

と言った。靭負は首をかしげた。

「さて、どなたにすがるかと申されましても、まずはご老中方皆様にあたるしかないかと存じますが」

「いや、それでは労多くして得るところがないでしょう。すがる相手を絞らねばなりますまい」

このころは、八代将軍徳川吉宗《とくがわよしむね》の治世だった。

吉宗が行った享保《きょうほう》の改革を支えた老中は水野忠之《みずのただゆき》だが、米価が急落したことなどの責任をとらされて享保十五年（一七三〇）に辞任している。

その後、老中の中では下総佐倉《しもうささくら》六万石の藩主松平乗邑《まつだいらのりさと》が台頭していると靭負は聞いていた。

「松平乗邑様にすがれと言われますか」

靭負が確かめるように訊くと、如心斎はうなずいた。

「さよう、松平様がまずはご老中方の中でもっとも力をお持ちでしょう。しかし、それだけに、黒島藩の苦衷《くちゆう》を察して、恩情をかけてくださされるでありましょうかな」

如心斎は深い目の色をして言った。

なるほど、そうだと靭負は思った。いまをときめく、やり手の老中が、ささいな贈物を持っていったとしても、小藩の事情に耳を傾けてくれるとは思えない。

「やはり難しゅうございますか」

靭負は眉をひそめた。だが、如心斎はゆったりとした笑顔を見せた。

「いや、諦めるのは早いですぞ。松平様におすがりしたがよいと申し上げたのにはわけがございます。松平様なら、わたしも力を添えて差し上げることができるからです」

「なんと」

靭負は驚きの声をあげて如心斎を見つめた。如心斎は声を低め、言葉を継いだ。

「松平様は茶道を好まれ、茶器の収集では大名衆の中でも抜きんでて、執着心をお持ちなのです」

「それはまことでございますか」

靭負は膝を乗り出した。

乗邑は肥前《ひぜん》唐津《からつ》藩主、松平乗春《のりはる》を父として貞享《じようきよう》三年（一六八六）に生まれた。その後、志摩《しま》国鳥羽《とば》藩、伊勢《いせ》国亀山《かめやま》藩、山城《やましろ》国淀《よど》藩など転封を繰り返し、享保八年（一七二三）に老中となり、佐倉藩に移された。

若いころから茶道に関心が高く、名物の茶入〈鈴鹿《すずか》山《やま》〉や〈千載《せんざい》茶碗〉などを手に入れていた。その後も茶人小堀遠州家や肥後細川家から茶器を数多く買い入れているという。

さらに乗邑の茶道への情熱は自ら茶器を収集するだけではなく、名物を持つ大名家や富商から茶道具を借り出して記録するところまで昂じた。

この記録は後に『三冊名物記』としてまとめられるが、茶器の名だけにとどまらず、寸法、絵図、所持者の名前、借覧した年月日まで克明に記したものだった。

乗邑がいかに茶道を好んでいるかを聞いた靭負は如心斎に向かって手をつかえ、頭を下げた。

「お話をうかがい、松平様におすがりするよりほかにない、とわかりました。なにとぞ、お力をお貸しください」

如心斎は靭負の頼みを聞いて、江戸の千家門人である大名や富商たちへ、乗邑のもとへ秘蔵の茶器を貸し出すよう頼む依頼状を認《したた》めてくれた。

江戸に入った靭負はこの依頼状を手に各大名家や富商を訪ね歩いたうえで、乗邑の屋敷へ陳情に赴いたのだ。

あらかじめ如心斎からの紹介状を届けていたおかげで、日ごろは用人に応対させる乗邑が自ら会ってくれた。

乗邑は靭負が持参した贈物には目もくれず、借り出すことができる秘蔵の茶器を箇条書きにした書状に目を輝かせて見入った。いずれも、めったにひとの目にふれることのない名器ばかりだった。

「これらの茶器を間違いなく貸し出すのだな」

乗邑が興奮した面持ちで訊くと、靭負は平伏して答えた。

「いつにても思し召しにより、貸し出していただける承諾を得ております」

「よし、わかった。黒島藩の国役免除のことは聞き届けてやろう」

上機嫌で乗邑は答えた。

乗邑は幕閣における実力者で、このときから二年後、元文《げんぶん》二年（一七三七）に勝手掛《かって》老中《がかり》になるや、年貢《ねんぐ》の取り立てを厳しくし、〈享保の改革〉において、もっとも多く年貢を徴収して幕府の財政に貢献する。それほどの乗邑だけに、黒島藩の国役免除はあっさりと決まったのである。

靭負は苦い顔で話し終えた。

「すべてはうまくいったものと思っておりましたが、乗邑様には敵がおわしたということでしょうか」

興長は大きく頭を縦に振った。

「そういうことだ。乗邑様は遣り手であっただけに、敵も多かった。年貢の取り立てだけでなく、何事も強引であったゆえ、百姓、町人だけでなく大名、旗本からも憎まれ、七年前には老中を罷免《ひめん》された方だからな」

眉をひそめて靭負はうなずいた。

「それで、わが藩が国役免除になったおりに、乗邑様が賂《まいない》を受けたも同然だと暴こうとする者が出たのですか」

「当時の西ノ丸、いまの将軍様である家重《いえしげ》公の側近、大岡忠光《おおおかただみつ》様だ」

興長はあっさりと言ってのけた。

「まさか、大岡様が――」

大岡忠光は九代将軍徳川家重の側用人《そばようにん》だった。

家重は生来、虚弱で言語も不明瞭だったが、小姓《こしょう》のころから仕える忠光だけが家重の意のあるところを察することができた。

このため、七年前、吉宗が隠居して家重が将軍となると幕閣で重きをなしていた。

「大岡様はなぜ、乗邑様を憎まれたのでしょうか」

思いがけない話に靭負は訝しく思った。興長は頭を横に振った。

「乗邑様は自負の念が強い方であったようだ。それだけに言葉もわかり難いご世子《せいし》の家重様を軽んじるところがあったという話だ。家重公ではなく八代様御次男で英明の誉《ほま》れ高かった宗武《むねたけ》公を次期将軍に擁しようとしたという噂もある。それゆえ、家重公が将軍となられると老中を罷免されたのであろう」

「いかにも、さように聞いております」

「家重公の側近である大岡様は、乗邑様が茶道に執心のあまり、わが藩の国役を免除したと聞いて、乗邑様を失脚させる好機と思いついて、八代様にひそかに訴えたのではなかろうか」

八代様とは徳川吉宗に対する呼び方だった。

「八代様の耳にまで達したのでございますか」

靭負は息を呑んだ。興長は皮肉な笑みを浮かべた。

「乗邑様はその動きを知って、あわててわしに報《しら》せてきた。八代様からお咎めを受ける前になんとかならぬか、というわけだ」

「さようでございましたか」

靭負は口を引き結んだ。

「それで、わしはどうしたものかと考えた」

「わたしに腹を切らせれば、死人に口無しで、証人がいなくなり、すべてを闇に葬《ほうむ》ることができたではありませんか。なぜ、切腹をお命じくださらなかったのでしょうか」

靭負は興長をまっすぐに見つめた。興長は大きくため息をついた。

「わしはそなたをあのようなことで死なせたくはなかった。だが、そのままにしておくわけにはいかぬから、国許に戻したうえで重臣の座から降ろそうと思ったのだ。公儀から詮議されたならば、そなたは、病で国許に戻り、隠居したと答えるつもりであった。それゆえ、国許の家老であった駒井石見《いわみ》に取り計らうよう命じた。あくまでそなたが気づかぬようにな」

それで駒井石見は、丹波承安《たんばしょうあん》の屋敷で土屋左太夫と談合し、丹波正之進にも了承させてから自分を失脚させたのか、と靭負にもこれまでの全貌がわかった。

「さても、手の込んだことでございましたな。わたくしに打ち明けていただけば、腹を切ってすませましたものを」

靭負は興長の恩情をあらためて感じた。しかし、その恩情が仇《あだ》となって藤尾《ふじお》を死なせることにつながったのだ、とも思った。

興長は沈んだ面持ちで話を続けた。

「八代様は隠密をよく使われるとは聞いていたが、まさか、わが藩にまで〈草〉を送り込んでおられるとは考えもしなかった。丹波承安の屋敷で駒井と土屋が談合しておるのを駒井の家士となっていた〈草〉に聞かれたのだ。しかもわしからの書状を盗み見られてしまった」

「それをわが妻の藤尾が気づき、妻の口封じをしようとした〈草〉を丹波正之進殿が斬られたのですな」

「そういうことになる。〈草〉を斬ったからには、このことはわが藩の大事となった。たとえ十六年前のこととはいえ、幕府の隠密を斬ったことは何としてでも隠し通さねばならぬのだ」

興長が話し終えると、左太夫が身じろぎして口を開いた。

「断っておくが、藤尾殿に不義密通の噂が立ったのは、わしが藤尾殿の口封じのためにしたことではないぞ。いまにして思えば、おそらくわが藩にまだ残っている〈草〉の仕業だ。〈草〉である溝渕半四郎が、丹波屋敷で不審な死に方をしたゆえ、探るために藤尾殿の噂を流したのであろう」

左太夫の言葉を聞いて靭負は問い返した。

「藤尾はすべてを知っていたのか」

左太夫は興長に顔を向けて、うかがいを立てた。興長が黙ってうなずくと、左太夫は言葉を継いだ。

「いかにもそうだ。隠密を殺めた正之進はすべてを藤尾殿に話したそうだ。そうしなければ藤尾殿がお主に話してしまうと思ったからだ。しかし、そのことが藤尾殿を苦しい立場に置くことになってしまった」

靭負は目を閉じて左太夫の言葉を聞いた。何も言うことができなかった。

興長は靭負を悲しげに見た。

「もはや、わかったであろう。そなたの妻女は不義密通の噂を立てられ、言い訳もせずに自害して果てたと聞いた。しかし、妻女がそなたに何も話さなかったのは、話せばそなたが腹を切るとわかっていたからだ。妻女はそなたを死なせたくないゆえ、何も言わずに自ら命を絶ったのだ」

藤尾が自害の前に書き残した遺書に、

——悲しきことに候

とあったことを靭負は思い出した。

靭負はうつむいたまま言葉を発しなかった。目からぽたり、ぽたりと涙が膝に落ちた。

待合で千佳《ちか》も涙にくれていた。

二十三

「わしの話はこれだけだ」

興長はゆっくりと立ち上がった。左太夫も黙したまま立ち上がろうとした。

「お待ちくださいませ。まだお話しいたさねばならぬことがございます」

靭負は涙を抑えて顔をあげた。興長は立ったまま答える。

「わが藩に潜り込んでおる〈草〉のことなら、放っておくしかないぞ。なまじことを荒立てれば藩の存亡に関わりかねん」

「さようでございましょうか。いまは八代様の御代ではございません。違ういたしようがあろうかと存じます。さらに申し上げれば、このままわたしが国を出れば、丹波正之進殿は腹を切る覚悟ではありますまいか。あたら有為の人材を失えば、御家にとってご損でございますぞ」

興長はよく光る目で靭負を見て腰を下ろした。左太夫も控える姿勢をとった。

「聞こうか」

興長がうながすと、靭負は膝を乗り出した。

「されば、八代様が使われた隠密は紀州《きしゅう》藩より引き連れられた者たちとのことでございます。それゆえ、遠国《おんごく》の大名を探る工夫をいたしたとうかがっております」

吉宗は紀州藩主から将軍になると、紀州藩で表向き奥向きの警備を職務としていた〈薬込役《くすりこめやく》〉と呼ばれた隠密たち十数人を江戸に伴ったと言われる。

それまで幕府の隠密はいわゆる伊賀者《いがもの》や甲賀者《こうがもの》が務めていたが、永年の間に、ただの役人となって密命を受ける力を失っていた。また、吉宗は傍流の紀州家から入っただけに、直々の隠密を必要としたのだ。

御庭番《おにわばん》は本丸天守台下に番所を設けたほか、二ノ丸御休息所、西ノ丸山里《やまざと》門に詰所を置いて警備にあたることを任務とし、ときに将軍の御直御用《おじきごよう》を務めた。このうち、遠国御用として各大名家の内情を探る者がいた。だが、紀州藩出身の隠密たちは遠国の言葉に通じず、だからといって江戸者でもないため、他国で見破られやすかった。このため、江戸から赴いた御庭番を助けるため、各藩に〈草〉をひそませたのである。

「それはわかりきったことだ。将軍家のなさることゆえ、われらは目をつぶるしかあるまい」

しかたないではないか、という表情で興長は言った。靭負はまっすぐに興長を見た。

「さようでございましょうか。すでに八代様より、ご当代家重公の御代に替わって七年とあいなります。さらには、畏《おそ》れ多いことながら八代様には昨年六月に逝去《せいきょ》あそばされました」

靭負の鋭い口調に興長は眉をひそめた。

「柏木は相変わらず、豪胆なことを申すな。幕府の隠密をもはや恐れずともよいというのか」

「さようにございます」

「ならば、藩内におる〈草〉を斬れと申すか」

「ひとりは斬り、もうひとりは生かしてはいかがかと存じます」

靭負は静かに答えた。興長と左太夫は目を見かわした。左太夫が膝を乗り出して問うた。

「ならば、〈草〉はふたりおると言うのか」

「さようでございます。なれど、〈草〉とは申せ、永年、家中で生きて参れば、家臣としての忠義の心を持つようになる者もおりましょう。さようになれば、もはや、その者は〈草〉にはあらずして、忠義の家臣でございます。この者は生かし、いまもなお〈草〉としての使命を忘れておらぬ者は斬るのが上策かと存じます」

興長は興味深げに靭負を見た。

「そなた、すでに〈草〉でなくなった者に心当たりがあるのじゃな」

「いかにも、心当たりはございます。されど、その者の名は申し上げられませぬ。何もなかったことにいたすのが御家のためにございます」

「そうか、ならば聞くまい」

興長は度量の大きさを見せて、あっさりうなずいた。

「ありがたく存じます。〈草〉の始末をつけましたならば、わたくしは国を出て江戸に帰ろうと存じます。生あるうちは国に戻らぬ覚悟でございます」

「それでよいのか」

「此度、国に戻りましたのは亡き妻藤尾の心を知るためでございました。殿のお話をうかがい、すべてがわかりました。もはや、何の未練もございません」

興長は立ち上がると、靭負の顔を見ずに告げた。

「今宵、そなたの点前で飲んだ茶は味わい深かった。これ以上の茶を飲むことは、もはやあるまいな」

興長と左太夫は静かに茶室を出ていった。


半刻ほど時がたった。

興長と左太夫が去ってから、靭負は茶室にひとり籠って茶を点てた。

千佳は待合で靭負が静かに茶を点てる音に耳を傾けている。ひとりきりでいる靭負の邪魔となってはならない、と思っていた。

靭負が国許に戻って以来、これほど静謐に茶を点てるのは初めてのことなのではないだろうか。

茶室の気配から靭負が無心であることが伝わってくる。それでいて、靭負は客を待ちつつ茶を点てているのだ。

靭負が待つ客は、藤尾のほかにいない、と千佳は思った。藤尾はいま十万億土の彼方《かなた》のあの世から、靭負の茶を喫するためにやってきているはずだ。

山月庵の外は清浄な月光に白く照らされている。その道を藤尾は歩んでくるのではないだろうか。

千佳は耳を澄ませた。

ひたひたと足音が近づいてくる気がした。

庵の障子を月光が照らしている。その障子にたおやかな女人の影が映っているのではないか。

千佳は不意に胸の裡に熱い物を感じた。靭負が座を立ち、障子を開ける音が聞こえてきた。

障子が開けられ、月光が座敷の奥まで差し込む。白足袋《しろたび》をはいた女人が静かに歩み入る気配を待合にいながら千佳は感じ取ることができた。

(お見えになられた)

千佳は手をつかえ、茶室に向けて頭を下げた。嫁として姑《しゅうとめ》の訪れを迎える心持ちになっていた。

茶を点てた靭負は茶碗を畳の上に置いたようだ。靭負が話しかける言葉が待合にも聞こえてくる。

「わたしがなぜ、茶の道に入ったのか、今になってようやくわかった気がしておる」

靭負は淡々と話した。

「千利休様が茶を点てられたころは戦国の世であった。今日、茶を差し上げた客が明日には命を失い、家が亡びておるかもしれぬ。たったいま、茶を飲むひとも明日は飲めないかもしれぬのだ。利休様にしても、太閤の怒りにふれて、明日の茶を点てることはかなわなかった」

「それでも旦那《だんな》様は茶を点てられましょう」

茶室から女人の声が聞こえた。千佳ははっとして顔をあげたが、慎《つつ》しみ深く、茶室をのぞこうとはしなかった。

嬉しげに靭負が答える。

「そうだ。それでも、わたしは茶を点てる。なぜなら、茶を点てる心は、相手に生きて欲しいと願う心だからだ。今日の茶を飲み、明日の茶も飲んで欲しい、と思えばこそ、懸命に茶を点てる。そして、茶を点てるおのれ自身も生きていようと思う」

「それが、旦那様の茶なのでございますね」

女人はしみじみとした声で言った。

「もし、わたしが十六年前にこの心で茶を点てることができたなら、そなたを死なせはしなかったであろう。しかし、わたしはあのとき、至らなかった」

すまなかった、許してくれ、と靭負は絞り出すような声で言った。女人はさりげなく笑みを含んだ声で答えた。

「何を仰せになります。十六年の間、旦那様は片時もわたくしのことをお忘れになりませんでした。ひとは忘れられなければ、ずっと生きております。わたくしは死んでなどおりません」

「そう言ってくれるのか」

「はい、わたくしは十六年の間、旦那様がお点てになる茶の中に生きておりました。温かく、よき香りに包まれて幸せでございました」

言い終えた女人が立ち上がる気配を千佳は感じた。靭負は身じろぎもしないで座っているようだ。

風の音がした。

千佳が思いをめぐらすうちに、茶室からは靭負の嗚咽《おえつ》が聞こえてきた。

千佳が間を置いて、茶室に入ると、靭負は縁側で月を眺めていた。声をかけることもできず、千佳は靭負の背中を見つめた。

靭負は月を見ながら言った。

「今宵にて山月庵の茶会は終った。わたしは江戸に戻るぞ」

千佳は何も言えずにうつむいた。靭負はさりげなく言葉を続けた。

「その前にしておかねばならぬことがある。明日の朝、屋敷へ参ろうと思う。さよう、精三郎に伝えておいてくれ」

靭負の言葉に千佳は胸騒ぎがした。興長と靭負の話は聞こえていた。靭負は幕府の隠密である〈草〉の始末をつけると言っていた。

「しておかなければならないこととは、隠密のことでございましょうか」

千佳は恐る恐る訊いた。

「そうだ。このまま捨て置くわけにはいかぬ」

靭負の言葉には厳しさが籠っていた。

千佳は不意に怖くなった。

昨夜、精三郎と話したおり、靭負が屋敷に戻ることはあるかもしれないが、家のものが皆、そろうことはないだろう、と言っていた。

あれは、靭負が戻ったときには、自分はいないだろう、という意味だったのかもしれない。

千佳は慄然《りつぜん》とした。体が震え、顔から血の気が引いていくのがわかった。月を見上げている靭負の背中が恐ろしいものに見えた。

「父上はもしや、精三郎様が幕府の隠密ではないかとお疑いでしょうか」

かすれた声で千佳は訊いた。

靭負はゆっくりと振り向いた。

「疑っているのではない。知っているのだ」

千佳は懸命に靭負の目を見て言葉を発した。

「さきほど、漏れ承ったお話では、隠密はふたりいて、ひとりはお斬りになるが、もうひとりは生かされると申されました。もし、精三郎様が隠密であったとしても生きられるのでございましょうか」

靭負は千佳を憐《あわ》れむように見るだけで何も言わない。

月が冴え冴えと輝いていた。

二十四

この夜、精三郎も庭に出て月を眺めていた。

十三歳になったとき、いまは亡き実父の松永五郎左衛門《ごろうざえもん》から庭で使命を聞かされた。

「わしには、誰にも言えぬ秘事がある。そなたも十三歳になったゆえ、この秘事を伝えねばならぬ」

五郎左衛門は重々しく言った。

「なんでございましょうか」

精三郎が緊張した表情で言うと、五郎左衛門は腰にしていた脇差をすらりと抜いて、精三郎の顔に突き付けた。

「わしの申すことに得心がいって、秘事を受け継ぐならば、それでよし。できぬというなら、この場で成敗《せいばい》いたす。そのつもりで聞け」

日ごろ、温厚な父に似合わない非情な物言いだった。精三郎は黙ってうなずいた。

すると、五郎左衛門は厳しい顔を向けて口を開いた。

「わしは御家に忠義を尽くしておるが、それだけではない。江戸の将軍家にも忠義をいたす隠密がわしの使命である」

精三郎は父の言っていることがよくわからず、

「忠義の武士は二君に仕えず、と学問の師匠はおっしゃいました」

と言った。

「いかにもさようだ。されど、わが殿は将軍家にお仕えする身である。隠密は殿とともに主君に仕えておると思えばよい」

精三郎が黙って聞いていると、五郎左衛門は話を続けた。

「わしは各大名家に将軍家が埋め置かれた〈草〉なのだ。将軍家の命により動くが、御家が将軍家に背かなければ、いささかも忠義の道にはずれることはない」

「もし、殿が将軍様に背くときは、江戸の将軍様にお味方をいたすということでしょうか」

首をかしげて精三郎は訊いた。

「さようなことにならぬよう、家中の動きに目を光らせ、江戸にお伝えするのだ。さすれば、謀反《むほん》などということは起きぬ。それが御家のためでもあるのだ」

五郎左衛門はなめらかに言ってのけた。しかし、精三郎は何となく、うなずけないものを感じた。

「それでは殿様に対して隠し事をいたすということになります。それはならぬことではないでしょうか」

重ねて精三郎は問うた。五郎左衛門は深々とうなずいた。

「さようなことは、わしも若いおりに考えた。ひととして、何か隠すことがあるのは後ろめたい。まして家臣の身でありながら、主君に隠し事があってはならぬ。しかし、われらの主君は江戸の将軍家なのだ。〈草〉であることは、将軍様の直命である。わしにとって、忠義の道はひとに明かすことができぬ茨《いばら》の道だ。しかし、武士であるからには、おのれの使命から逃れることはできぬ」

五郎左衛門は脇差を突き付け、

「この使命のもとに生きるか、それともこの場で生涯を終えるか」

と質した。精三郎は白く光る刃を見つめて、震えながらうなずいた。

(思えばあれは、死にたくないという思いだけのことだった)

精三郎は十三歳のおりの自分を振り返って思う。

〈草〉であることを明かした五郎左衛門はそれから、学問や武術での精三郎の精進に目を光らせた。そして夜中、ひそかに精三郎に稽古《けいこ》をつけた。それが忍びの術の稽古だったとわかったのは、後年になってからのことだった。

そのころから、精三郎はおのれの宿命を呪《のろ》わしく思うようになった。

父が亡くなった後、ときおり、遊行庵《ゆぎようあん》と名のる者からの書状が届くようになり、それへの返書を認《したた》めるのが〈草〉としての使命だと悟った。

家中にはほかにも〈草〉がいるのだろう、と想像したが、誰がそうなのかは教えられていない。ただ、時おりの遊行庵の指示に従うだけである。

柏木靭負の養子となる話が来たとき、弟の新六郎《しんろくろう》に松永の家を譲り、柏木家に入った。

養子になれば〈草〉の使命から逃れられると思ったのだ。しかし、千佳と祝言をあげた翌日には遊行庵からの書状が書斎の文机に置いてあった。

遊行庵は江戸から精三郎に指図をしているわけではなく、家中にいる〈草〉なのだ、と悟った。精三郎の嫡男市太郎は今年、十二歳である。

間もなく〈草〉としての使命を伝えなければならない。それができるだろうか、と思いつつも、このように悩むのは、自分が〈草〉としての使命を忘れずに生きているからだ、とも感じる。

養父の靭負が十六年ぶりに戻った際、遊行庵から、靭負の動向から目を離すなとの書状が届いた。このため千佳を靭負のもとに遣って、ひそかに靭負が何をしようとしているのかを探った。

千佳が屋敷に戻ってから話すことを聞いているうちに、靭負の妻であった藤尾が亡くなった背景には藩の大事が潜んでいることがわかってきた。

遊行庵の書状には、靭負を助け、藩の秘密を探らせよ、と書かれていた。どうすればよいのか、と精三郎は考えをめぐらした。

靭負は一歩、一歩、藤尾の死の真相に近づいていく。それに従って、精三郎にもぼんやりと見えてくるものがあった。

十六年前、丹波屋敷で駒井家の家士、溝渕半四郎が何者かに斬られたという話を聞いたとき、すぐさま、

（溝渕半四郎は〈草〉だったのではないか）

と思い当たった。そして、いまや家中に潜む〈草〉が靭負の動きを追いつつ、藩の秘事を暴こうとしているのだ、と気づいた。その中で自分もまた千佳を使って靭負を見張っているのだ。

そう思うと、息苦しくなった。

千佳から藩校のころ親しくしていた丹波正之進が駒井家の家士、溝渕半四郎を斬っ

たという話を聞いたときには、もはや、藩の大事がいかようなるものであろうとも、黒島家は幕府のお咎めを免れないだろう、と思った。

そのときには、〈草〉としての使命を果たし、その後、腹を切るしかない。そう思いながらも、精三郎は胸に虚《むな》しさを抱いていた。

（わたしは、御家を裏切った〈草〉だ。にもかかわらず武士として死にたいと願っているようだ）

間もなく妻の千佳や市太郎や春との別れが近づいているのか、と思うと精三郎は背筋にひやりとしたつめたいものを感じるのだった。

だが、気になるのは、もうひとりの〈草〉のことだった。その男は何を考え、どう動いているのだろうか。

精三郎の眺める月はいつの間にか雲に隠れようとしていた。

この日、千佳は夜遅くになって卯之助《うのすけ》に送られて屋敷に戻ってきた。しかし、精三郎と目を合わせようとはせず、

「父上が明日、お見えになるとのことでございます」

とだけ告げた。寝所でそれぞれ布団に入ったが、千佳は苦しげでなかなか寝付けない様子だった。

精三郎もまた暗い天井を見つめて一睡もしなかった。

翌朝——

靭負が卯之助を供にして玄関先に立った。

迎えに出た千佳は靭負が朝の光に包まれ、清々《すがすが》しい様子であるのを見て、涙が出る思いがした。

(何であろうとも父上のなさることに間違いはない)

そんな思いが胸に湧いた。

精三郎は登城するため裃《かみしも》姿になって客間で待っていた。靭負は客間に入ると、頬をゆるめて言った。

「おお、裃をつけられると、ひときわ、主君に仕える武士としての矜持がうかがえる。武家を捨てたわたしには、いまさらながら羨ましき姿だな」

武士としての矜持という言葉がわずかに精三郎の胸を刺した。

精三郎は黙って頭を下げた。そのまま何も言わずに靭負が告げる言葉を待った。

千佳が持ってきた茶を靭負はゆっくりと飲んだ。茶碗を置いて、精三郎を見据えながら口を開いた。

「きょうは、近く国を出るゆえ、その挨拶に参った。それとともに、先夜の礼を言わねばと思ってな」

「礼でございますか」

精三郎はわずかに首をかしげた。

「そうだ。いつかの夜、柿色装束の曲者から守ってもらったことがある」

精三郎は息を呑んで靭負を見つめた。

「やはりおわかりになりましたか」

「うむ、わたしは茶人となってから、いつも客の様子に目を配る癖がついた。それゆえひとを見間違えることがなくなったのでな」

精三郎は目を閉じてうなずいた。

養父とはわずかばかりの関わりしかなかったが、帰国してからの靭負に接するうちに自然と尊崇《そんすう》の念が湧いていた。むしろ、靭負を守りたいという思いが強くなり、ひそかに頭巾をかぶって護衛をしようと思い立った。それは、靭負に藩の秘事を暴かせようとする〈草〉の使命とも重なりあうことだと思った。

だが、ある晩、靭負を庵から連れ出そうとする柿色装束の男を見て、思わず刀を振るって靭負を守った。

柿色装束の男がもうひとりの〈草〉であることはわかっていた。だが、靭負を守らねばという思いに駆られたのだ。あのとき、靭負がかけた、

「そなた、精三郎か」

という声を柿色装束の男に聞かれていれば、〈草〉の裏切り者だと見做《みな》されただろう。しかし、遊行庵から、その後、書状は届かず、今日にいたっている。

靭負は精三郎を見つめて話を続けた。

「わたしは国を出るにあたって、わが藩の大事を探ろうとしておる幕府の隠密を始末いたしたいと殿に申し上げた。殿もこれを許してくださった」

「さようでございますか」

応じながら精三郎は喉の渇きを感じて、千佳が持ってきた茶を飲んだ。茶を口にすると、香りと味わいの深さを感じた。

いつもの茶とは違うようだと思って、精三郎は茶碗の底に残った茶を見つめた。靭負は微笑んだ。

「その茶は昨夜、わたしが千佳殿に土産に持たせたものだ。わたしが訪れた際にはこの茶を出すようにと言っておいた」

靭負は目をなごませて、

「いかがな味であった」

と訊いた。精三郎はため息をついた。

「まことに美味《おい》しゅうございました。心が満ちた気がいたします。茶の一杯でかような心持ちがいたすとは不思議なものでございます」

「そうだ。茶の味わいはなにも茶会に限るものではない。日々の暮らしの中にこそあるのだ」

靭負は庭に目を遣った。

「わたしは、茶とは相手がきょうも生きることを願って点てるものだと思う。しかし、それはよく考えてみれば、日々の暮らしの中で妻女が夫に差し出す茶の心と同じだ」

精三郎は黙って靭負の話に耳を傾ける。

「妻も夫や子供に生きよと願い、夫も妻子を生きさせたいと思う。それが天然自然のひとの心だ。茶はその心を表しておるに過ぎぬ」

精三郎はしばらく考えてから口を開いた。

「父上はそれがしに生きよと仰せでございますか」

「千佳殿の茶にはその思いが込められていたであろう。その茶の味わいを忘れてはならぬということだ」

「しかし、それがしは――」

〈草〉なのだ、と精三郎が言おうとしたとき、靭負は声を高くした。

「茶が一期一会であることは知っておろう。さすれば、ひとはたったいまのおのれが何者であるかに従って生きればよい。どのような出自であれ、いかなる仔細《しさい》であれ、たったいまのおのれの心に及ぶものはないのだ。いま口にしたばかりの千佳殿の茶を忘れたのか。忘れねばならぬのは、すでに通り過ぎたおのれ自身だぞ。そのことがわからぬおのれを恥じよ」

叱責する靭負の言葉を精三郎はうなだれて聞いた。膝をつかんで苦しげな表情になった精三郎は靭負に顔を向けた。

「父上、お教えください。それがしはいかにすればよろしいのでしょうか」

「幕府の隠密である〈草〉を斬れ――」

「〈草〉を手に掛けよと仰せですか」

「そうだ。〈草〉はかつてのそなた自身であろう。昔のそなたを斬って新たに生まれ変わるがよい」

「それで、士道が立ちましょうか」

精三郎は目を閉じた。

「生き抜くことがそなたの士道なのだ。腹を切ることはたやすい。しかし、たとえ辛かろうとも逃げてはならぬ」

靭負の語り掛ける声を精三郎は慈父のものとして聞いた。客間の控えにいた千佳は袖で目頭を押さえるばかりだった。

翌日——

靭負は精三郎とともに、丹波正之進の屋敷を訪ねた。

家士の案内で中庭が見渡せる客間に通された。そこには、すでに四人の男が座って、靭負と精三郎を待っていた。

白根又兵衛

佐々小十郎

和久《わく》藤内《とうない》

明慶《みようけい》

いずれも、山月庵を訪れて茶を喫した者ばかりだ。

(この四人の中に〈草〉がいるのだろうか)

精三郎は緊張した。

二十五

靭負《ゆきえ》と精三郎が座って待つほどに正之進が現れた。

自らの屋敷であるのに、羽織袴をつけて威儀を正しているのは、心に期するものがあるからだろう。

靭負たちより先に来ていた白根又兵衛と佐々小十郎、和久藤内、明慶たちはしわぶきひとつせず、静まり返っている。

靭負は正之進に頭を下げて、

「本日は、お屋敷にて詮議を行うこととなり、申し訳なきしだいでございます」

と告げた。

正之進は何も言わずにうなずいたが、又兵衛が大声で言った。

「詮議とはなんじゃ。わしは茶会のつもりで出て参ったぞ」

靭負は、又兵衛を振り向いて穏やかに言葉を返した。

「茶は後で飲ませるゆえ、おとなしゅう待っておれ」

又兵衛は、子供あつかいしおる、とぶつくさ言ったが、それ以上は言葉にせずに黙った。集まった者たちの間に異様なほどの緊張があったからだ。何事かが始まることを皆が察していた。

靭負が膝を正して話し始めた。

「わたしは妻の藤尾《ふじお》がなぜ自害して果てたのか、その真相を知らねばならぬと思って国に戻った。妻の心はしかとわかったが、同時にわたしが十七年前、犯していた失策がすべての源であったことに気づかされた。すなわち十七年前、国役を逃れようと老中松平乗邑《のりさと》様に働きかけたことを隠密に嗅ぎつけられ、御家を危うくしたのだ。すべての罪はわたしにあった」

靭負が言い切ると、正之進がわずかに身じろぎしたが、口は挟まなかった。

「妻は言うならば、わたしの失策をかばい、自ら命を絶ったことになる」

靭負が淡々と言うのを皆、黙して聞いている。靭負は言葉を継いだ。

「そして、わたしが此度、国許へ戻ったのはかつてのわたしの失策に決着をつけるためであったと思い知った。それゆえ、江戸へ戻る前に決着をつけておかねばならぬ。それは藤尾のためにもしなければならないことだ」

又兵衛が顔をしかめた。

「決着をつけると申すが、どういたすのだ。それにわしら四人を呼んだわけはなにかを申せ」

靭負は又兵衛をなだめるようにうなずいて見せた。

「わたしは山月庵に忍び込んだ幕府の隠密が声を作っていたことに気づいた。だとすれば、〈草〉として、わが藩にひそむ隠密にわたしは既に会ったことがあるはずだ」

「それがこの四人の中のひとりというわけか」

又兵衛はつぶやくように言った。

「そうだ。わたしは国許に戻って、さほどひとと交わってはおらぬ。声を聞いた相手は限られる」

又兵衛はにやりと笑った。

「だが、お主が会った相手は男ばかりではあるまい。浮島《うきしま》殿をここに呼ばなかったのはなぜだ。案外、お主を襲った曲者は浮島殿だったかもしれぬぞ」

わざとはぐらかすように又兵衛は言った。

「それはありえぬ。なぜなら、女人はいかに変装しても匂いを消し難いゆえだ」

「匂いだと」

又兵衛は口をあんぐりと開けた。他の者たちも興味深げに靭負の顔を見つめた。

「茶人というものは、茶の香り、香、花の匂いを嗅ぎ分ける。それだけに茶室に異なる匂いが入ることを嫌う。それぞれの客の匂いもわかるものだ」

明慶がうなずいた。

「それは花を活ける者も同じでございます。合わぬ匂いの花を一緒に活ければ美しさを損なってしまいます」

又兵衛は面白くなさそうな顔をした。

「さようなものか。しかし、みだりに自分の匂いを嗅がれているのかと思うと気持ちはよくないのう」

「誰もお主の匂いなど嗅ぎはせん」

靭負はにべもなく言った。藤内がにこやかに訊いた。

「先ほどからのお話ですと、つまるところ、この場にいる者の中に幕府の隠密がいる。その者は匂いでわかるということのようですな」

「いかにもさようだ」

靭負がうなずくと、小十郎が焦った様子で口を開いた。

「誰が幕府の隠密なのでございますか。すぐにも教えていただきたい。それがしは、その者こそ藤尾様の仇だと思いますぞ」

「いかにも、わたしもさように思っている。幕府の隠密が探ろうとしなければ藤尾は死なずにすんだ」

靭負がため息まじりに言ったとき、客間に女中がやってきた。正之進に向かって敷居際から、

「茶室の支度がととのいましてございます」

と知らせた。

正之進はうなずいて靭負に顔を向けた。

「柏木様のお求めにより、茶席の用意をいたしました」

靭負は正之進に会釈してから、皆に顔を向けた。

「およそ、ひとの匂いと申すは飲食のおりに表れます。さすれば丹波様を正客に皆様に相客になっていただき、ご無礼ながら匂いを判じたいと存ずる」

藤内が精三郎に目を向けた。

「柏木精三郎殿がここにおられるのは、われらとともに茶席に並ばれるためでありましょうか。もし、そうなら精三郎殿も疑われていることになりますが」

靭負は微笑を浮かべた。

「いかにもさようです」

少し考えてから、藤内は膝を叩いた。

「匂いで判じられるなど、武士の体面を傷つけられることだと思いましたが、お身内の精三郎殿もともにということであれば止むを得ませんな」

藤内が言うと、小十郎も大きくうなずいた。

「もとより、それがしも藤尾様の仇を討ちとうございますから、隠密が誰なのかを明らかにいたすことに異存はございません」

正之進が皆に顔を向けた。

「ならば、ただいまから茶会といたそう」

小十郎が真っ先に立ち上がり、続いて藤内、明慶が続き、又兵衛は最後にゆっくりと立った。

「やれやれ。茶を飲んで、自分の匂いに難癖をつけられるかもしれぬとは思いも寄らなんだぞ」

又兵衛は大声でぼやきながら、正之進に案内されるまま廊下へと出た。靭負と精三郎は皆の後に従った。精三郎が声をひそめて、

「父上、まことに匂いで誰が隠密かわかるのでございますか」

と訊いた。靭負は含み笑いをもらした。

「さてな」

ちょうど、正午となっていた。

丹波屋敷では、渡り廊下の先にある四畳半と三畳の離れを茶席に設えていた。

一同が入ると主人を務める靭負が頭を下げて挨拶し、正之進が正客ながら屋敷の主人として、

「時分どきゆえ、昼餉《ひるげ》を差し上げたい」

と懐石料理を運ばせた。

隠密を捜し出すという殺伐とした席を少しでも穏やかにしようという正之進の心遣いだった。女中たちによって折敷《おしき》膳で飯椀や刺身を盛った皿、味噌汁、煮物などが次々に運ばれ、酒も添えられていた。

又兵衛が皮肉な笑みを浮かべた。

「ほう、なかなかの馳走をしてくださる。隠密の正体がばれた者は生きておられまいゆえ、最後の馳走ということになるのかな」

藤内が味噌汁の椀を手に取りながら、頭を振った。

「いや、先ほど柏木様が言われたではありませんか。飲食のおりに匂いは表れると、

そのための馳走でございましょう」

「なるほどそれでは、隠密はうっかり酒も飲めぬ」

そう言いながら、又兵衛は手酌《てじゃく》で銚子の酒を杯に注いでぐいと飲み干した。

「いや、酒の匂いでごまかすということもありましょう」

小十郎はさりげなく言った。しかし、又兵衛のほかには誰も酒を口にしなかった。

皆が形ばかり箸をつけた後、女中たちが片付けて茶席となった。

靭負はいったん座敷を出て蹲踞《つくばい》で手を洗った。その間に客は奥の茶席となっている座敷に移った。

靭負はあらためて座敷に戻り、茶釜の前に座って一礼し、点前を始めた。そして、さりげなく、

「〈草〉である隠密はわが藩にふたりおるようでございます。ひとりが、もうひとりに指図をいたしておりましたが、その際、書状には遊行庵《ゆぎょうあん》という名が記されておったそうでございます」

靭負が言うと明慶が首をかしげた。

「ゆぎょうでございますか。遊行とは、一遍上人《いっぺんしょうにん》に縁のある名でしょうか」

一遍上人とは鎌倉時代の僧侶で時宗《じしゅう》の開祖である。浄土《じょうど》教を学び、他力念仏を唱道

して全国を巡り、衆生済度《しゅじょうさいど》のためひとびとに踊り念仏を勧め、遊行上人、捨聖《すてひじり》などと呼ばれた。

明慶はあらためてまわりを見回し、

「この中で僧侶はわたしだけですから。遊行庵の名にふさわしいのはわたしかもしれませぬな」

と言った。靭負はゆっくりと頭を振った。

「遊行と名のるのは、おそらく〈草〉としての心構えを示すためであろうかと存じます。一遍上人は、亡くなった跡を、いかが定めておきましょうか、と弟子に問われて、法師のあとは、跡なきを跡とす、と答えられた。すなわち自分亡き後には何も残さぬのが一遍上人のお心だったようです」

さらに一遍上人にはこういう言葉がある、として靭負は口にした。

——生ずるは独り、死するも独り、共に住《じゅう》するといえど独り、さすれば、共にはつるなき故なり

ひとは独りで生まれ、独りで死ぬ、共に住んだとしても、心は独りである、ゆえに

共に死ぬことはないのだ、という覚悟を示した言葉だった。

「他国にひそみ、おのれが何者なのかを誰にも知らせず、独り生き、独り死んでいく〈草〉にふさわしい覚悟ではあろうかと思います」

又兵衛が鼻をぐずつかせた。

「なるほど、〈草〉なる隠密もなかなかの覚悟をいたしておるものだな。憐れむわけにもいかぬが」

「いや、やはり哀れではありましょう。おのれを隠して生きることは辛うございますから」

明慶が思い入れを込めて言った。藤内が首をかしげて、口を開く。

「さて、どうでありましょうか。隠密となった者はそのおりに、おのれを捨てておりましょう。いまさら、辛い、苦しいなどとは申さぬのではありますまいか」

「それは、隠密はひとではないということか」

小十郎がぽつりと言う。藤内はちらりと小十郎を見た。

「だからこそ隠密ではないのか。それゆえ、〈草〉などと称するのであろう」

靭負は、ため息をついた。

「まことに哀れではあるが、それが隠密、いや、武士たる者の生き方やもしれぬ」

小十郎は薄笑いを浮かべる。

「隠密はひとではないそうでござる。だとすると、武士であるはずもないと存じますが」

「さて、そうであろうかな」

又兵衛があごをなでながらつぶやいた。靭負は又兵衛に目を遣った。

「又兵衛は違うと思うのか」

「違うとまでは言わぬが、ひとはさほど偉いものではないとわしは思っておる。所詮はひとだ。ひとでなくなるなどとは容易にできることではない。まして、武士として生きながら、実は武士ではない、などというのは至難のことだ。ひとは見たままのものではないのかな」

藤内が膝を乗り出して口を挟んだ。

「それは白根様のように表裏なく生きている方のことでございましょう。ひとは鬼にも蛇にもなる生き物だと存じます」

そうかなあ、わしはそうは思えんのだ、となおもぼやくように言う又兵衛に靭負はうなずいた。

「実はわたしもそう思う。今日、かように皆に集まってもらい、〈草〉の正体をあばこうとしておるのは、まことは〈草〉もおのれの正体を明かし、ただのひとに戻りたいと思っているのではないかと考えたゆえだ」

明慶は、ゆっくりと言った。

「されば、ただいまのような話の中にも〈草〉の本性は表れているのでございましょうか」

「さよう、わたしにはそう思える。ひとはどこまでいこうがおのれを偽ることはできぬ。虚言の中にもおのれは出てしまうものだ」

又兵衛は、ははは、と笑った。

「だとすると、正直を装うわしなどは最も疑わしいのではないか」

靭負は頭を横に振った。

「お主は正直なのではない。嘘をつくのを面倒だと思っているだけの横着者だ」

明慶はにこりとした。

「仏の嘘は方便と申します。仏門に入った者は根っからの嘘つきかもしれませぬゆえ、あるいは〈草〉にふさわしいのではありますまいか」

靭負は明慶を見つめて何も言わない。すると、小十郎が口を開いた。

「すね者のそれがしなども、家中の者と交わらず、〈草〉であることを隠そうとしているのやもしれません」

「なるほど、さようにも思えるな」

靭負はうなずいて見せた。藤内が笑い声をあげて、

「いや、引きこもっておっては〈草〉の役目は果たせますまい。それがしのごとく、出世をめざす者こそ、〈草〉なのではありませぬか」

「いかにもその通りだな」

滞りなく靭負は手前を進める。そんな靭負を見据えて、精三郎はぽつりと言った。

「あるいは父上は間違っておられるのかもしれません」

精三郎のひと言でなぜか茶室には緊張が走った。

又兵衛が、ふふっと笑った。

「天網恢恢疎《てんもうかいかいそ》にして漏らさず、というが、靭負は天網ではない、ただのひとだ。間違えても不思議はなかろう」

靭負は茶筅《ちゃせん》を持った手を止めた。

「その通りだ。又兵衛、わたしが間違えたならば、すぐにわたしの首を刎《は》ねろ」

言われるまでもないわ、と言って又兵衛は天井を見上げた。ほかの者たちは、真剣な眼差しで靭負を見つめる。

靭負は茶を点て終えた。茶碗を手にすると、なぜか正客の正之進の前ではなく、小十郎の膝前に置いた。

「この茶はお主のために点てた。〈草〉はお主であろう」

小十郎は無表情なまま茶碗を見つめたが、やがて静かに茶碗を手にした。

二十六

落ち着いた所作で茶を喫した小十郎は茶碗を畳に置いて口を開いた。

「柏木様、なぜ、おわかりになられましたか」

いままでとは違う底響きのする声で小十郎は言った。靭負は目をそらして茶釜を見つめた。

「匂いでわかると申したのは偽りだ。わたしが確かめようとしたのは匂いの話をした後匂いを消した者だ」

「匂いを消した者――」

「そなたには、いま何の匂いも無い。忍びは足音を無くす無足、呼吸の音を消す無息、さらに匂いを無くす無臭の〈三無《さんむ》忍《にん》〉を心得といたすと聞いたことがある。そなたはわたしの話の後、おそらく匂いを消すための丸薬でも口に含んだのであろう」

「さよう、青梅を煮詰めたものでござる。さらに息を細くすれば匂いは立たぬはずでござる」

小十郎はひややかな笑みを浮かべた。そして小十郎は、御免、と言うと立ち上がり、するするとすり足で縁側に出た。

その時、小十郎の前に精三郎が立ちはだかった。いつの間にか精三郎は刀掛けに掛けていた大刀二振りを携えている。

精三郎は無言で一振りの大刀を小十郎の前に差し出した。

小十郎の刀だった。

「そうか、とっくに正体を見破られておったか」

小十郎はつぶやいて刀を受け取り、腰に差すとパッと身を翻《ひるがえ》して庭に降り立った。

精三郎もこれに続いて庭に飛び降り、間合いを取った。又兵衛と藤内が続いて庭に飛び降りようとしたが、

「手出しはご無用、精三郎にまかせていただこう」

と声をかけると、ぴたりと止まった。

正之進が縁側に出て、

「それがしが見届ける。精三郎、存分にやれ」

と告げた。精三郎はにこりとしてわずかにうなずいた。

小十郎は刀の柄に手をかけ、鯉口《こいぐち》を切ったが、まだ抜かない。小十郎は鋭い目で精三郎を睨んで、聞き取りにくい低い声で、

「裏切り者め」

と蔑《さげす》むように言った。精三郎は深々とうなずいて答えた。

「いかにも裏切らせていただく」

その言葉を聞いて、小十郎はにやりと笑った。

「どうやら、やっと覚悟が定まったようだな」

「ひとはおのれの心の赴くところに生きるべきだと知り申した」

精三郎は静かに言い切った。小十郎は間合いの内に踏み込んで、

「ならば、心のままに死ぬがよい」

と叫びつつ、斬りつけた。

凄まじい刃風が精三郎を襲った。精三郎は体をかわしつつ、すくい上げるように抜き打ちで斬りつけた。

がち、がち、と刃が嚙みあって青い火花が散った。

ふたりの体がぶつかり合ったと見えた瞬間、ぱっと離れた。

小十郎は腰を低くして刀を斜めに抱え持つ異様な構えになっていた。そのまま、じりじりと間合いを詰める。

精三郎は低い構えからの小十郎の斬撃を警戒して、わずかに後退《あとじさ》った。それに釣られるようにして小十郎が前に出る。

さらに精三郎が退く。

その様子を又兵衛たちは息を詰めて見つめている。明慶は坐して目を閉じ、低い声で読経《どきよう》した。

潮が満ち、波が打ち寄せるように、小十郎が刀を振りかぶり、斬りかかった。今度は、精三郎は退かなかった。

小十郎に向かって刀を叩きつけるように斬りつける。一瞬でふたりは交差し、立っている場所が入れ替わった。

斬りつけた姿勢のままだった小十郎がゆっくりと倒れた。精三郎はがくりと片膝をついた。額から汗が噴き出た。

うつ伏せに倒れた小十郎の腹のあたりから血が地面に流れ出た。

靭負は庭に急いで降りると、小十郎を抱え起こした。蒼白になった小十郎は靭負の顔を見て、

「柏木様、申し訳ございませんでした。溝渕半四郎が死んだ謎を探ろうと、秘密を知っているはずの藤尾様の不義密通の噂を流したのはそれがしでござる。そのために藤尾様は自害をされました」

と切れ切れの声で言った。

「そうだったか」

靭負は小十郎の顔を痛ましげに見た。

「この罪は、決して許されぬものだと思って参りました。されど、それがしの藤尾様への思いだけは嘘偽りではございません。かようにして、柏木様に藤尾様の仇を討っていただき、嬉しゅうございます」

小十郎は苦しそうにあえぎながらも笑みを浮かべようとした。

「小十郎、そなた、精三郎のことは言わぬのか」

靭負が問いかけると、小十郎はかすかに笑った。

「〈草〉は、独り生き、独り死ぬのでございます。ほかの者のことは何も存じません」

小十郎はがくりと首をたれて息絶えた。

靭負は思わず、小十郎の体を抱きしめていた。独り生き、独り死ぬ、という小十郎の覚悟が悲しかった。

正之進は小十郎の死を病によるものとして扱った。目付による数日の取り調べがあった後、精三郎が〈草〉であったことは不問に付された。


城中での調べが終わった日、夜遅くになって精三郎は屋敷に戻った。玄関に出迎えた千佳《ちか》が目に涙を浮かべ、

「すべてが終わり、よろしゅうございました」

と言った。精三郎はうなずいて式台に上がり、奥の居室で着替えた。しばらく文机《ふづくえ》に向かって沈思していると千佳が茶を持ってきた。

精三郎はしみじみとした思いで茶を飲み、

「不思議なものだな」

とつぶやいた。千佳は首をかしげた。

「何がでございましょうか」

「そなたの淹《い》れてくれる茶がこれほど懐かしい味わいがするものだと初めて知った」

「わたくしの心が旦那様に届いたからでございましょう」

千佳は微笑んだ。

「いままで届いていなかったとは思わぬのだが」

精三郎は自分の胸に問いかけるように言った。

「父上のお話では、ともに住んでも独りだ、と一遍上人は言われたのでございましょう。ひとはともに暮らしているからといって、心が添っているとは限りません。苦しみの後、心を開いてこそ、相手の心がわかるのだと存じます」

精三郎はうなずいた。

「なるほど、そなたに教えられたな」

「いいえ、わたくしではございません。藤尾様でございます」

千佳は思いを込めて言った。

「藤尾様が教えてくださったというのか」

千佳は暗くなった庭に目を遣った。

「父上様が十六年ぶりに国に戻られましたのは、父上様のお心があってだとは思いますが、わたくしには藤尾様が父上を恋い慕うお気持ちが十万億土の彼方から届いたのだと思えてなりません」

「そう言えば、さようなことを申していたな」

精三郎も庭の闇を眺めた。亡き藤尾の面影が脳裏に蘇《よみがえ》った。

「はい、たびたび、わたくしの胸の内に藤尾様がおられたような気がします。その都度ひとを慕う心持ちとはどのようなものなのかを教えてくだされたのではないかと」

千佳は吐息をついた。

「さようだな。あるいは、此度、父上が戻られたのは藤尾様がわたしたち夫婦を救うためお呼び寄せになったのではないかという気さえするのだ」

精三郎に言われて、千佳は胸を突かれる思いがした。

そうなのだ。もし、靱負が戻ることがなければ、精三郎は胸に暗い秘密を抱いたまま独りの生涯を送っていただろう。自分や子供たちとも本当に心を通わすことはなかったかもしれない。

そう考えると、すべてがありがたく、藤尾の微笑む顔が遠くに見えるような気がする。千佳は立ち上がって縁側に出た。

精三郎も縁側に来た。ふたりは寄り添って夜空を眺めた。遠くで瞬く星がふたりを見守ってくれているようだった。

江戸へ出立する前日、靱負は山月庵に又兵衛を招いた。

よく晴れた日だった。

又兵衛はいつものように、戸口で、

——おう
と大きな声をあげ、卯之助の案内も待たずにずかずかと上がり込んだ。

又兵衛は茶室まで入って、部屋の中を見回して、

「なんじゃ、わしだけか」

とがっかりしたようにつぶやいた。すでに茶釜の前に座って待ち受けていた靭負は笑った。

「わしだけかとはどういうことだ。他に誰が来ると思ったのだ」

「浮島殿に決まっておろう。佐々小十郎の一件を浮島殿には、まだ話しておらぬではないか。わしから詳しいところを話して進ぜようと思っていたのだ」

又兵衛は胸をそらし、威張った口調で言った。

「浮島殿には正之進殿が伝えておるはずだ。内密に処理するためには、然《しか》るべきひとには、すべて話しておいたほうがよい、と正之進殿は申されていた。さすがに、心配りができる。正之進殿は御家の柱石となるであろうな」

靭負が感心したように言うと、又兵衛は胡坐を組み、

「はあん、それでか――」

と、あごをなでながら言った。靭負は訝しげに又兵衛を見た。

「それでか、とは何だ」

「実はな、近頃、正之進殿が足繁く篠沢民部《しのざわみんぶ》殿の屋敷へ通っているという噂を耳にしたのだ。そうか、狙いは浮島殿であったか」

又兵衛は腕を組んで、さも重大事のように言った。靭負は苦笑した。

「浮島殿が狙いであろうとなかろうと、お主には関わりのないことではないか。それに正之進殿も浮島殿も独り身だ。もし、さようなことで縁が結ばれるのであれば、結構なことだとわたしは思うぞ」

「ほう、そうかな――」

又兵衛は疑わしそうに靭負を見つめた。

「なんだ。わたしは本心を言っているまでだぞ」

「さあ、わからんな」

又兵衛は首をかしげて見せた。

靭負はあきれたように永年の友人の顔を見つめた。

「なぜ、わからんなどというのだ。わたしのことをわたしが言っているのだ。これほど確かなことはあるまい」

「ひとの心に何がひそんでおるかは、誰にもわからん」

又兵衛は自分が言った言葉に、うん、うんと何度もうなずいた。

「それなら、そう思っていればよいではないか」

靭負は構わずに茶を点て始めた。

又兵衛は膝をにじらせた。

「まあ聞かぬか。わしの見たところ、浮島殿は昔、お主に思いを寄せたことがあったようだ」

「そんなことはない」

靭負があっさり言っても、又兵衛は引き下がらなかった。

「ところが、此度、たまたま国許に帰って、おたがいに巡り合ったのだ。これから何が起きてもおかしくないと女人としては思ったかもしれぬ」

「だとしたら、どうだというのだ」

靭負は聞き流しながら、静かな所作で茶を点てた。

「お主が江戸に帰るならば、自分も住み慣れた江戸に戻り、これからをともにしようという思いが浮島殿の胸にないとは言えまい」

「無いな」

韌負はしなやかな手つきで黒天目茶碗を又兵衛の膝前に置いた。

又兵衛は茶碗を手にしてひと口啜《すす》ってから、

「お主のそういう悟りすましたところは、面白味にかける。もっと、俗にまみれて、あがくような生き方ができぬものか。それでは茶人として大成できんぞ」

と言った。韌負は微笑を浮かべた。

「俗にまみれ、あがいておったから、国に戻ってきたのではないか。藤尾の心がわからないでいたわたしは俗人の最たる者であった」

「そうかな。わしには、妙に潔癖に見えたが」

又兵衛は茶碗を持ち上げて茶を喫し終えた。韌負は又兵衛をちらりと見て、

「なぜ、そのようなことを思った」

と訊いた。又兵衛は茶碗を畳に置きながら答える。

「藤尾殿がお主のことを思っていたのは、他人のわしにでもよくわかっておった。お主にわからぬはずがない。藤尾殿が亡くなる前から、お主にはずっと藤尾殿の心がわかっていたはずだ。それなのに藤尾殿を死なせてしまった自分が許せなかったのであろう。だから、自分を罰しようと国へ戻ってきたのだ」

「そうであろうかな」

靭負は明るい陽がさす庭に目を遣った。

遠くに見える山々が青く清々しい。

「それに、小十郎のことも匂いなどで鎌をかけずとも初めからわかっていたのではないのか」

又兵衛は真面目な顔で訊いた。靭負はうなずいた。

「わたしは、あの男の才を知っていた。それなのに出世を望まず、陰でひっそり生きているのは得心がいかなかった。何かを隠していると思った。初めは藤尾のことかと考えたが、やはりそれだけではなかったな」

お主はまわりくどいからいかん、と言いながら又兵衛は、

「お主は藤尾殿が恨んでいた、憎んでいたとひとから言われることで、自分を罰したかったのだ。しかし、それはかなわなかったな。藤尾殿はまことにお主をいとおしんでおったゆえ」

としんみりとした口調で言った。

「たったいま、浮島殿がどうとか言っておきながら、同じ口でさようなことがよく言えるな」

靭負はもう一服、茶を点て始めた。

「わしは嘘と坊主の頭はゆったことがない。すべてはまことのことだ。しかし、まことであっても、どうにもならぬことが世の中には多いということだ。それに——」

又兵衛は言いかけて部屋の中をあらためて見まわした。

靭負が明日には江戸へ旅立つと思えば、柱や天井、畳の端々までどことなく寂しげな風情が漂っている。

「それに、何だ。きょうはいつにもまして口数が多いではないか」

靭負は茶を点てながら又兵衛に目を向けずに言う。

「それに、もはや江戸に行けば国に戻らぬつもりであろう」

「生きては戻らぬ」

靭負はきっぱりと言った。

「それが藩のためだ。〈草〉が不慮の死をとげたことはいずれ幕府に伝わるであろうが、そのおり、わたしが国におらぬほうがよい」

「ならば、せめて山月庵での別れの茶会はもっとひとを呼んで盛大にやってもいいのではないか」

又兵衛は寂しげに言った。靭負は真面目な表情で、

「わたしは、別れの茶は友と飲むものだと思っている。わたしの友はお主だけだ、ということだ」

と答えた。又兵衛は庭に目を遣って涙をこらえた。

「こ奴が、泣かせようと思ってもそうはいかぬぞ」

又兵衛はいかつい顔で唇を嚙みしめた。靭負は笑った。

「さように、意地ばかり張らずに、もう一服、飲んだらどうだ」

「おう、それはわしの茶か。先日は自分で飲んだではないか」

又兵衛が睨むと、靭負は素知らぬ顔で言った。

「お主は、しゃべり過ぎだ。のどが渇いたであろうと思ったのでな」

そうか、と言って又兵衛は茶碗を取ってがぶりと飲んだ。すると、靭負は別の赤天目茶碗に茶を点て始めた。

「それは、お主が飲む茶か」

又兵衛はさりげなく訊いた。

「いや、もうひとり茶を飲ませたい相手がおる」

靭負はそれ以上、言わない。訝しげな顔をした又兵衛は茶碗を置いて立ち上がると縁側に出た。

遠くの山並みを眺めながら、

「わしらは、子供のころからあの山々を見ながら生きてきたのだぞ。それなのに、懐かしい故郷の山を見ずに死ぬつもりか」

とつぶやいた。

「お主は見ながら死ぬがよい。わたしは見ないで死ぬのが定めなのだ」

「意地っ張りめ」

又兵衛は青空の雲を眺めた。


靭負は赤天目茶碗に茶を点てると静かに前に置いた。すると傍らに藤尾が座っているのが感じられた。

藤尾の肌の匂い、やわらかさが伝わってくる。幻ではない、と靭負は思った。いま、ここに藤尾がいるのだ。

靭負は赤天目茶碗に手をのばした。藤尾の白い手がかさなりあってともに茶碗を取ろうとする。

(そうか、いま、わたしと藤尾はひとつなのだ)

靭負は体の中に熱い物があふれてくるのを感じた。むかし、藤尾と暮らした日々、時おり体を駆け巡った血潮の熱さだった。

茶碗を持つ手に藤尾の白い指がそえられている。靭負は茶碗の縁に口をつけた。なぜだろうか、藤尾をありありと体の隅々まで思い出した。

靭負はゆっくりと茶を啜った。

藤尾が点ててくれた茶だと思った。茶の一滴にまで藤尾がいるのが感じられた。飲み終えた茶碗を手にして、靭負は、

「藤尾、結構な点前であったぞ」

といとしげに言った。

縁側の又兵衛が靭負のつぶやきを聞いて、振り向いた。

「誰と話しておるのだ」

訝しげに言う又兵衛に向かって、靭負は笑いながら、

「夫婦の睦《むつ》み事をのぞくとは何事だ」

と言ってさらに、

「馬鹿者め――」

と愉快そうに言葉を継いだ。

又兵衛は言われた意味がわからず、目を白黒させたが、何となく悪いことをしたと

思ったのか、

「すまぬ──」

と厳かに言った。

青空を白い雲が流れていく。

解説

大矢博子
（書評家）

『陽炎《かげろう》の門』『紫匂う』に続く、〈黒島藩〉シリーズ三作目である。

といっても舞台が同じ藩というだけで、すべて独立した物語でつながりはないし、登場人物も設定された時代も異なるため、どこから読んでいただいてもかまわない。

そういう意味では、シリーズと括《くく》るのもおかしな話のように見える。だがこの三作には重要な共通点があるのだ。それがシリーズ全体を通してのテーマになっている。

まず、既刊二作を軽く紹介しておこう。

第一作『陽炎の門』は、とある事件の犯人として友を断罪した武士・桐谷主水《きりやもんど》が主人公。その友は切腹、主水は出世の道を歩んだ。ところが十年経って、その一件が冤《えん》罪《ざい》だった可能性が出てきた。主水はその真相を探るが、冤罪ということになれば自分の過ちで友を切腹させたことになる。

第二作『紫匂う』はがらりと変わって、藩士の妻・澪《みお》が主人公である。結婚前に一度だけ関係を持ったことのある初恋の相手が、罪人として故郷に逃げ帰ってきた。澪は思わず彼を匿《かくま》い、一緒に逃げる羽目に。これは夫への裏切りなのか。

と、ふたつ並べただけでもまったく毛色の違う話だということがおわかりいただけると思う。この二作と本作のどこが〈シリーズ〉なのか。実は三作の共通項には『陽炎の門』の解説でも触れているのだが、もう一度、それを考えながらあらためて本作を見ていくことにする。

本書『山月庵茶会記』の舞台は既刊同様、豊後《ぶんご》鶴ケ江《つるえ》に六万石を擁する黒島藩（架空）である。宝暦二年、その黒島藩に、十六年ぶりにひとりの男が戻ってきたところから物語は始まる。

男の名は柏木靭負《かしわぎゆきえ》。かつては藩の勘定奉行を務め、当時の次席家老・土屋左太夫《つちやさだゆう》と次期家老の座を争った人物だ。藩が柏木派と土屋派に分裂する中、靭負は藩命で江戸に行くことに。ところが役目を終えて帰郷した靭負を待っていたのは、柏木派の切り崩しに成功した土屋派の優位と、妻・藤尾《ふじお》の不義密通の噂だった。

靭負は藤尾を問い詰めるが、藤尾は何も答えず、「悲しきことに候」と書いただけの遺書を残して自害。政争にも敗れた靭負は家督を養子夫婦に譲り、国を去る。その後、靭負は茶の道を志し、孤雲の名で江戸でも知られる茶人となった。

その靭負が、突然黒島藩に戻ってきたのである。過去の政争と藤尾の悲劇を知っている周囲の人物は不審に思うが、靭負は泰然自若。息子の許しを得て柏木家が持つ山裾の別邸に茶室を設《しつら》え、世捨て人のような暮らしを始めた。

実は靭負の目的は、藤尾の不義密通の噂の真相を知ることだったのだ。不義密通はあったのかなかったのか。あったのだとしたら相手は誰か。なかったのだとしたら誰が噂を流したのか。そして何より、なぜ藤尾は否定も肯定もせず、黙って命を絶ったのか。靭負は「山月庵」と名付けた茶室に、当時の関係者を招き、話を聞く……。

というのが本書の概略で、当時を知る人々が順に靭負の茶室に呼ばれ、あるいは靭負が相手の茶席に赴き、話をする様子が息子の妻・千佳《ちか》の視点で綴《つづ》られていく。

大きな読みどころがふたつある。ひとつは次第に明らかになっていく過去の事件の真相だ。靭負の茶席に関係者が順にやってくるという構成がいい。かつて柏木派だった部下や、藤尾と同じ茶席に出た元江戸藩邸の老女、当時の藩政に強い影響力のあったフィクサー、当時の家老の息子などなど。探偵のもとに証人(もしくは容疑者)が訪れ、事情聴取が行われるようなものだ。

つまり本書は〈証言〉によって構成されるミステリなのである。彼らが語る〈新証言〉のひとつひとつに驚きがあり、次第に真実へと肉薄していくその過程にはドキドキする。千佳の実父・又兵衛《またべえ》がコミックリリーフとして場を和ませてくれるという緩急も完璧。その先に、容疑者を集めて「犯人はお前だ！」的なクライマックスがあるのだからたまらない。実に上手く構成されているのだ。一回の茶席を一話にした連続ドラマにしたいくらいである。

本書はミステリ仕立てとはいうものの、その背景にある事情は読者が推理できるような謎解きではない。だが本書の最も大きな謎は「背後で何があったか」ではなく「なぜ藤尾は何も釈明しなかったのか」だ。それをここで明かすわけにはいかないが、靭負が「その時に気付いてさえいれば」と悔やまざるを得ない事情だったことだけ書いておこう。夫婦とは何か、信じるとは何か、強いメッセージがここにある。

さて、冒頭の話に戻る。まったく別の物語である〈黒島藩〉の三冊がなぜシリーズなのか。それは三冊とも、主人公が過去と向き合う物語だからである。

自らの過ちで友を死なせた『陽炎の門』の主水。若き日の一度の関係に引きずられる『紫匂う』の澪。そして汚名を着せたまま妻を死なせてしまった本書の靭負。

共通しているのは、三人とも過去のその時点では〈間違ったことはしていないと信じていた〉ということだ。だが時が経ち、もうどうしようもなくなってから〈間違いだったかもしれない〉という迷いに直面する。間違いだったとしても過去は変えられない。そのとき、主人公はどうするのか。それを、この三作は描いているのである。

本書では、話の流れの中で韌負の他にもうひとり、はからずも過去と向き合うことになる人物が登場する。本書の最も大きなサプライズと言っていい。だがこの人物は、過去と向き合った結果、それを乗り越え、新たな一歩を踏み出す決意をする。韌負の過去はもう変えられないが、再出発可能な人物を配したことで、本書は希望とともに終わるのである。そこに著者の思いが込められていることは自明だ。

ここで、本書のもうひとつの読みどころが関係してくる。一月から七月までを舞台にした、季節ごとの茶席の描写だ。その月ごとに、梅や桜、侘助《わびすけ》といった季節の花が飾られる。木の芽など季節の食材で懐石が作られる。茶室の掛け軸にはそのときの気持ちや客に合わせた言葉が選ばれ、時には香が焚《た》かれる。

茶の湯の心とは、〈もてなし〉と〈しつらい〉の美学だと聞いた。亭主は客のことを考え、さまざまな工夫をしてもてなす。亭主と客は一服の茶を介して一期一会の心を通わせる。そこに生まれる亭主と客の一体感を〈一座建立《いちざこんりゅう》〉という。

本書の茶席の、〈もてなし〉と〈しつらい〉をひとつひとつご覧いただきたい。ひとつひとつの花が、掛け軸が、香が、時には和歌が、季節だけではなくその場面の物語を見事に演出している。茶というモチーフと物語の〈一座建立〉がここにある。まずはその呼応を味わわれたい。『紫匂う』でモチーフとなった和歌が物語と呼応したように、本書では茶の心が物語の世界を動かしているのだ。

同時に、茶とは〈わび〉〈さび〉の文化であることにも注目。〈わび〉とは簡素の中にある落ち着いたさびしい感じを表す。〈さび〉は古びて枯れた味わいのあること、閑寂な趣のあることだ。つまりどちらも、余計な装飾や殻を捨て去り、本質がにじみ出た様子と言えるだろう。

人もかくあれかし、ということではないか。

虚飾を払い、見栄を捨て、ただ静かに自分の来し方と向き合う。過去の罪も過ちもあるがままに向き合い、そこに浮かび上がる自分の本質を受け入れる。過去は変えられない。だが過去に向き合うことから逃げていては、いつまでも自分の本質は見えない。

本書の最後、すべてを終えた鞘負が到達した、鞘負なりの茶の真髄を、どうか噛み締めていただきたい。この言葉を言わせるために、葉室麟は〈一期一会〉を旨《むね》とする茶の世界をモチーフにしたのではないだろうか。そして靭負をこの結論に到達させたのは、変えられない過去を抱えた靭負に代わって、過去を乗り越え再出発を果たす〈もうひとりの人物〉の存在なのである。

過去と向き合うことが今を強くし、未来につながる。〈もうひとりの人物〉は、その象徴なのだ。

本書は二〇一五年四月、講談社より単行本で刊行されました。

|著者| 葉室 麟　1951年、福岡県北九州市小倉生まれ。西南学院大学卒業。地方紙記者などを経て、2005年、『乾山晩愁』で第29回歴史文学賞を受賞し、デビュー。2007年、『銀漢の賦』で第14回松本清張賞、2012年、『蜩ノ記』で第146回直木賞を受賞。本書と同じく九州豊後・黒島藩を舞台にした作品に『陽炎の門』『紫匂う』がある。著書には他に『草《くさ》雲雀《ひばり》』『はだれ雪』『神剣 人斬り彦斎』『辛夷《こぶし》の花』『秋霜』『津軽双花』『孤篷のひと』『あおなり道場始末』『墨龍賦』などがある。

山月庵茶会記《さんげつあんちゃかいき》

葉室《はむろ》 麟《りん》

講談社文庫

定価はカバーに
表示してあります

2017年4月14日第1刷発行

発行者——鈴木　哲
発行所——株式会社　講談社
東京都文京区音羽2-12-21　〒112-8001
電話 出版（03）5395-3510
　　 販売（03）5395-5817
　　 業務（03）5395-3615

Printed in Japan

デザイン—菊地信義
本文データ制作—講談社デジタル製作
印刷———大日本印刷株式会社
製本———大日本印刷株式会社

ISBN978-4-06-293591-3

講談社文庫刊行の辞

二十一世紀の到来を目睫に望みながら、われわれはいま、人類史上かつて例を見ない巨大な転換期をむかえようとしている。

世界も、日本も、激動の予兆に対する期待とおののきを内に蔵して、未知の時代に歩み入ろうとしている。このときにあたり、創業の人野間清治の「ナショナル・エデュケイター」への志を現代に甦らせようと意図して、われわれはここに古今の文芸作品はいうまでもなく、ひろく人文・社会・自然の諸科学から東西の名著を網羅する、新しい綜合文庫の発刊を決意した。

激動の転換期はまた断絶の時代である。われわれは戦後二十五年間の出版文化のありかたへの深い反省をこめて、この断絶の時代にあえて人間的な持続を求めようとする。いたずらに浮薄な商業主義のあだ花を追い求めることなく、長期にわたって良書に生命をあたえようとつとめるところにしか、今後の出版文化の真の繁栄はあり得ないと信じるからである。

同時にわれわれはこの綜合文庫の刊行を通じて、人文・社会・自然の諸科学が、結局人間の学にほかならないことを立証しようと願っている。かつて知識とは、「汝自身を知る」ことにつきていた。現代社会の瑣末な情報の氾濫のなかから、力強い知識の源泉を掘り起し、技術文明のただなかに、生きた人間の姿を復活させること。それこそわれわれの切なる希求である。

われわれは権威に盲従せず、俗流に媚びることなく、渾然一体となって日本の「草の根」をかたちづくる若く新しい世代の人々に、心をこめてこの新しい綜合文庫をおくり届けたい。それは知識の泉であるとともに感受性のふるさとであり、もっとも有機的に組織され、社会に開かれた万人のための大学をめざしている。大方の支援と協力を衷心より切望してやまない。

一九七一年七月

野間省一

講談社文庫 最新刊

朝井リョウ　スペードの3
元スター女優のファンクラブ。新メンバーの参加で、均衡が乱れ、ある事実が明るみに。

松岡圭祐　黄砂の籠城（上）（下）
一九〇〇年北京、この闘いで世界が日本を認めた。著者乾坤一擲《けんこんいってき》の勝負作。〈文庫書下ろし〉

葉室麟　山月庵茶会記
茶室という戦場では、すべての真実が見抜かれる。刀を用いぬ〝茶人の戦《いくさ》〟が始まった！

東川篤哉　純喫茶「一服堂」の四季
推理力と毒舌冴える喫茶店の美人店主が四つの殺人事件を解決。極上ユーモア・ミステリ。

浜口倫太郎　22年目の告白 ―私が殺人犯です―
編集者の川北が預かった原稿は22年前に起きた連続殺人の犯行告白だった。〈書下ろし〉

森博嗣　ムカシ×ムカシ〈REMINISCENCE〉
大正期に女流作家を世に出した百目鬼《どうめき》家で老夫妻が殺された。Xシリーズ、待望の第4弾！

香月日輪　地獄堂霊界通信⑧
妖《あや》かしどもと渡り合い、悩み成長してきた三人悪の冒険譚。大人気シリーズ、ここに完結！

田中芳樹　タイタニア4〈烈風篇〉
宇宙を統《す》べるタイタニア一族に深刻な亀裂。謀略渦巻く中、ついに開戦へ。シリーズ完結目前。

織守《おりがみ》きょうや　霊感検定〈春にして君を離れ〉
霊に悩む者を、打算無き高校生が秘めやかに救う。癒し系青春ホラー。〈文庫オリジナル〉

黒木渚　壁の鹿
「孤独」に交感する声の主は。黒木渚の魂の叫び。戦慄の処女小説。〈解説　山田詠美〉

野口卓　一九戯作旅
十返舎一九が「膝栗毛」で流行作家となるまで。人は何を面白いと思い、何に笑うのか。

講談社文芸文庫

吉本隆明

写生の物語

古代歌謡から俵万智までを貫く歌謡の本質とはなにか？　読み手として和歌に寄り添いつづけた詩人・批評家が、その起源から未来までを広く深い射程で考察する。

解説＝田中和生　年譜＝高橋忠義

よB8

978-4-06-290344-8

徳田秋声

黴　爛

自身の結婚生活や紅葉との関係など徹底した現実主義で描いた「黴」と、その文名を不動のものにした「爛」。自然主義文学の巨星・秋声の真骨頂を示す傑作二篇。

解説＝宗像和重　年譜＝松本　徹

とC3

978-4-06-290342-4

三木　清

三木清大学論集

大澤　聡編

吹き荒れる時代の逆風の中、真理を追究する勇気を持ち続けた哲学者、三木清。時代の流れに対し、学問はいかなる力を持ち得るのか。「大学」の真の意義を問う。

解説＝大澤　聡　年譜＝柿谷浩一

みL3

978-4-06-290345-5

講談社
文芸文庫
ワイド

不朽の名作を
一回り大きい
活字と判型で

白洲正子

古典の細道

古典に描かれた人々の息吹の残る土地を訪ね、思いを馳せた名随筆集。

作家案内＝勝又　浩　年譜＝森　孝一

（ワ）しA1

978-4-06-295513-3

講談社文庫　目録

平岡正明　志ん生的、文楽的
東野圭吾　放課後
東野圭吾　卒業〈雪月花殺人ゲーム〉
東野圭吾　学生街の殺人
東野圭吾　魔球
東野圭吾　十字屋敷のピエロ
東野圭吾　眠りの森
東野圭吾　宿命
東野圭吾　変身
東野圭吾　仮面山荘殺人事件
東野圭吾　天使の耳
東野圭吾　ある閉ざされた雪の山荘で
東野圭吾　同級生
東野圭吾　名探偵の呪縛
東野圭吾　むかし僕が死んだ家
東野圭吾　虹を操る少年
東野圭吾　パラレルワールド・ラブストーリー
東野圭吾　天空の蜂
東野圭吾　どちらかが彼女を殺した

東野圭吾　名探偵の掟
東野圭吾　悪意
東野圭吾　私が彼を殺した
東野圭吾　嘘をもうひとつだけ
東野圭吾　時生
東野圭吾　赤い指
東野圭吾　流星の絆
東野圭吾　新装版　浪花少年探偵団
東野圭吾　新装版　しのぶセンセにサヨナラ
東野圭吾　新参者
東野圭吾　麒麟の翼
東野圭吾　パラドックス13
東野圭吾　祈りの幕が下りる時
東野圭吾作家生活25周年祭り実行委員会　東野圭吾公式ガイド（読者1万人が選んだ東野作品人気ランキング発表）
広田靚子　イギリス花の庭
姫野カオルコ　ああ、懐かしの少女漫画
姫野カオルコ　ああ、禁煙vs.喫煙
日比野　宏　アジア亜細亜　無限回廊
日比野　宏　アジア亜細亜　夢のあとさき

日比野　宏　夢街道アジア
平山壽三郎　明治おんな橋
平山壽三郎　明治ちぎれ雲
火坂雅志　美食探偵
火坂雅志　骨董屋征次郎手控
火坂雅志　骨董屋征次郎京暦
平野啓一郎　高瀬川
平野啓一郎　ドーン
平野啓一郎　空白を満たしなさい(上)(下)
平山　譲　ありがとう
平山　譲　片翼チャンピオン
平田俊子　ピアノ・サンド
ひこ・田中　新装版　お引越し
平岩正樹　がんで死ぬのはもったいない
百田尚樹　永遠の0《ゼロ》
百田尚樹　輝く夜
百田尚樹　風の中のマリア
百田尚樹　影法師
百田尚樹　ボックス！(上)(下)

講談社文庫　目録

講談社文庫　目録

講談社文庫　目録

2017年3月15日現在